AF613810

PRÉCIS HISTORIQUES,

COLLECTION DE

PAR ÉD. TERWECOREN, S.J.

DES

FUNÉRAILLES CHRÉTIENNES.

PIEUX SOUVENIR.

PAR ÉD. T.

2me partie.

BRUXELLES,

LIB. DE H. GOEMAERE, SUCC. DE VANDERBORGHT,

Marché-aux-Poulets, 26.

1852

22e livraison. — 2e de novembre.

AVIS POUR LE RELIEUR.

La gravure doit être placée entre la 24e et 25e page.

DES

FUNÉRAILLES CHRÉTIENNES.

PIEUX SOUVENIR.

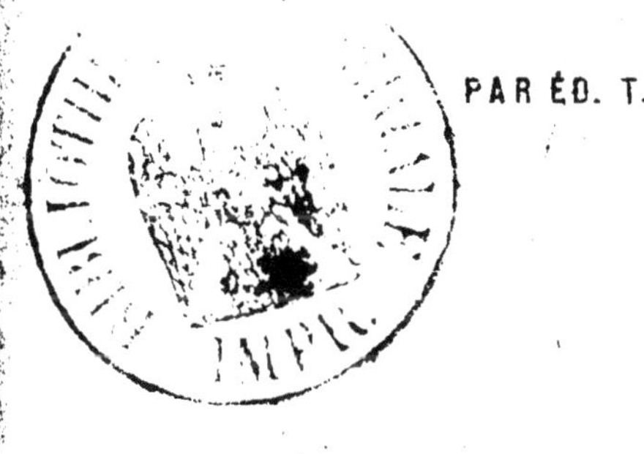

PAR ÉD. T.

BRUXELLES,

LIB. DE H. GOEMAERE, SUCC. DE VANDERBORGHT,

MARCHÉ-AUX-POULETS, 26.

1852

APPROBATION.

Ayant fait examiner l'opuscule : *Des Funérailles Chrétiennes, par Éd. T.*, nous en permettons l'impression.

Malines, le 21 octobre 1852.

P. CORTEN, *Vic. Gén.*

Imp. de J. Vandereydt, rue de Flandre, 104.

« Seigneur, si vous eussiez été ici, mon frère ne serait pas mort.

» — Votre frère ressuscitera, dit Jésus.

» — Je sais qu'il ressuscitera en la résurrection au dernier jour.

» — Jésus dit : Je suis la résurrection et la vie ; celui qui croit en moi, encore qu'il soit mort, vivra.

» Et quiconque vit et croit en moi ne mourra jamais. Croyez-vous cela ?

» — Oui, Seigneur.

» — Où l'avez-vous mis ?

» — Seigneur, venez et voyez.

» — Et Jésus pleura !

» — Voilà à quel point il l'aimait (1). »

(1) Jean, xi.

Ainsi parle l'Écriture.

Paroles de foi, de douleur, de consolation, d'amour et d'espérance!

Lazare n'était plus!

Sa famille désolée poussait des gémissements, versait des larmes!

Une foule de consolateurs pénétraient dans ce lieu de désolation.

Mais l'amertume de la douleur rendait toute consolation vaine.

Aucune parole n'allait jusqu'à l'âme.

« Seigneur, si vous eussiez été ici! »

Mais le défunt n'avait pas eu ce bonheur;

Ses yeux s'étaient fermés à la lumière du monde;

Ses yeux mourants n'avaient pu, hélas! voir Jésus.

Dans les grandes afflictions, il n'est plus ici-bas de consolateur efficace.

Il est mort! c'est le cri désespérant de la nature.

Mais au ciel, il est un consolateur qui fait couler le baume dans le cœur qui s'afflige :

Il ressuscitera! c'est le cri de l'immortalité.

« Les âmes des justes sont en la main de Dieu, et le supplice ne les atteint pas.

» Ils ont semblé mourir aux yeux des insensés, et leur fin a été estimée une affliction, et leur sortie d'au milieu de nous, l'anéantissement; mais ils sont en paix!

» Et si devant les hommes ils ont souffert des tourments, leur espérance est pleine d'immortalité.

» Leur affliction a été légère, et leur récompense sera grande, parce que Dieu les a éprouvés et les a trouvés dignes de lui.

» Il les a éprouvés comme l'or dans la fournaise, et les a reçus comme un holocauste; et ils resplendiront au jour qu'il les visitera (1). »

(1) Sap. III.

Cette promesse d'immortalité, l'Écriture la répète sans cesse, l'Église la met en action dans les funérailles.

Ainsi cette tendre mère console, quand la mort exécute l'arrêt qui condamne une personne chérie à rentrer dans la poussière.

Nous avons entendu peut-être, au jour du malheur, s'élever une lamentable complainte de la couche du trépas :

« Seigneur, mes jours ne sont rien.

» J'ai eu des mois vides, et j'ai compté des nuits de douleur.

» Si je me couche, je dis : Quand finira la nuit? et jusqu'au soir je suis rassasié d'amertume.

» Le fil de mes jours a été tranché plus promptement que la trame ; ils ont passé sans espérance.

» Le regard de l'homme ne m'apercevra pas ; votre œil est sur moi, et je ne serai plus.

» Je parlerai dans l'angoisse de mon

cœur, et je m'entretiendrai avec l'amertume de mon âme.

» Si je dis : Mon lit me consolera et je me ranimerai en me parlant sur ma couche,

» Vous m'épouvantez par des songes et vous m'agitez d'horreur par des visions.

» Mon âme préfère la mort, la mort à la vie d'un cadavre.

» J'ai perdu l'espérance; je ne vivrai plus longtemps; épargnez-moi, Seigneur, car mes jours ne sont rien (1). »

Mais à ces cris de douleur l'Église répond par des cris d'espérance :

« Ils dorment dans la poussière, — ils se réveilleront. »

« Une voix d'en haut fut entendue qui disait : Bienheureux ceux qui sont morts dans le Seigneur! Ils se reposent de leur travaux; car leurs bonnes œuvres les suivent (2). »

(1) Job, VII. — (2) *Apoc.* c. XIV, 13.

Telle est la pensée consolante qui préside à toutes les cérémonies funèbres.

La croyance à l'immortalité de l'âme, à la vie future, à la résurrection, se manifeste dans les soins dont on entoure la dépouille mortelle. Elle est gravée en caractères ineffaçables sur les cercueils et les tombeaux. Elle se fait entendre dans le cimetière, au milieu des sépulcres.

Tout proclame cette promesse divine en présence même de la mort et du prétendu néant !

DES

FUNÉRAILLES CHRÉTIENNES (1).

Les funérailles sont les derniers devoirs rendus aux morts. Nous ne nous occuperons pas des usages de l'antiquité et des peuples barbares; nous nous contenterons d'exposer les cérémonies funèbres de l'Église, les funérailleschrétiennes.

« Il est certain, dit Bergier, que les honneurs funèbres rendus aux morts sont également fondés sur les leçons de la raison, sur les motifs de la religion et sur les intérêts de la société.

» *a*) Il ne conviendrait pas que le corps d'un homme fût traité comme le cadavre d'un ani-

(1) Presque tout cet opuscule est tiré de deux auteurs très remarquables : le père Gretzer, de la Compagnie de Jésus, qui a écrit un ouvrage intitulé : *De funere christiano*, et Thomassin, qui est célèbre par son travail : *De disciplina ecclesiastica*, t. 3, p. 3, l. 1, c. 65, 66, 67, 68.

mal ; le mépris avec lequel les Romains en agissaient à l'égard du peuple, qui ne laissait pas de quoi payer ses funérailles, et surtout à l'égard des esclaves, est une preuve de leur barbarie et de leur sot orgueil. Quand on use de cruauté à l'égard des morts, l'on n'est pas disposé à montrer beaucoup d'humanité envers les vivants. L'épicurien Celse, pour tourner en ridicule le dogme d'une résurrection future, citait un passage d'Héraclite, qui disait que les cadavres sont moins que de la boue. Origène lui répond très-bien qu'un corps humain, qui a été le séjour d'une âme spirituelle et créée à l'image de Dieu, n'a rien de méprisable ; que les honneurs funèbres ont été ordonnés par les lois les plus sages, afin de mettre une différence entre le corps de l'homme et celui des animaux, et que ces honneurs sont censés rendus à l'âme elle-même (1).

» *b*) En effet, c'est une attestation de la croyance de l'immortalité de l'âme, d'une résurrection et d'une vie future. De ce dogme était né le soin qu'avaient les Égyptiens d'embaumer les corps, de les conserver dans les cercueils, de les regarder comme un dépôt précieux ; et l'on prétend que les rois d'Égypte avaient fait bâtir les

(1) *Contra Cels.*, l. 5. nos 14 et 24.

pyramides pour leur servir de tombeau. Ils poussaient peut-être trop loin leur attention à cet égard; mais les Romains donnaient dans un autre excès, en brûlant les corps des morts, et en conservant seulement leurs cendres. Cette manière d'anéantir les restes d'un homme, dont la mémoire méritait d'être conservée, a quelque chose d'inhumain. Il est beaucoup mieux de les enterrer, et de vérifier ainsi la prédiction que Dieu a faite à l'homme pécheur, qu'après sa mort il serait rendu à la terre de laquelle il avait été tiré (1).

» Il est bon d'ailleurs que les morts ne soient pas sitôt oubliés, que l'on puisse aller encore de temps en temps s'attendrir et s'instruire sur leur tombeau. « Il vaut mieux, dit l'Ecclé-« siaste (2), aller dans une maison où règne le « deuil, que dans celle où l'on prépare un fes-« tin; dans celle-là l'homme est averti de sa fin « dernière, et quoique plein de vie, il pense à « ce qui lui arrivera un jour. » Les funérailles, le deuil, les services anniversaires, les cérémonies qui rassemblent les enfants sur la sépulture de leur père, leur inspirent non-seulement des réflexions salutaires, mais du respect pour les

(1) *Gen.*, c. III, ỳ. 19.
(2) Cap. VII, ỳ. 3.

volontés, pour les instructions, pour les exemples du mort. L'affliction réunit les cœurs plus efficacement que la joie et le plaisir. L'on s'en aperçoit à l'égard du peuple, parce qu'il est fidèle à garder les anciens usages; pour les philosophes épicuriens, ils voudraient abolir et retrancher tout cet appareil lugubre, parce qu'il trouble leurs plaisirs.

» *c*) La société est intéressée à ce que la mort d'un citoyen soit un événement public, et soit constatée avec toute l'authenticité possible, non-seulement à cause des suites qu'elle entraîne dans l'ordre civil, mais pour la sûreté de la vie. Les meurtres seraient beaucoup plus aisés à commettre, ils seraient plus souvent ignorés et impunis, sans les précautions que l'on prend pour que la mort d'un homme soit publiquement connue; elle ne peut l'être mieux que par l'éclat de la cérémonie des funérailles; sur ce point la religion est exactement d'accord avec la politique. L'on ne doit donc pas être surpris de ce que les pompes funèbres ont toujours été et sont encore en usage chez toutes les nations policées; elles ne sont pas même inconnues aux peuples sauvages. »

PREMIÈRE PARTIE.

De ce qui précède la levée du corps.

Trois choses précèdent ordinairement la levée du corps. Les unes concernent le corps du défunt, comme l'ablution, l'embaumement, l'ensevelissement, l'exposition. D'autres se rapportent à l'âme, comme les messes, les prières, etc ; on peut y rapporter la sonnerie des cloches qui appellent à la prière. Enfin les témoignages de bienveillance et d'amour, donnés au défunt, par les gémissements et le deuil.

I.

Des devoirs rendus au corps.

§ 1. De l'ablution.

1. Cette cérémonie chrétienne remonte à Jésus-Christ. Après que le corps de notre divin Sauveur eut été déposé de la croix, on l'ensevelit selon l'usage des Juifs, *sicut mos est Judæis sepelire*. Or, les Juifs avaient coutume de laver les corps avant de les embaumer. Saint Jean Chrysostome parle de cette ablution du corps de notre Sauveur : « La nuit était déjà proche, dit-il, quand Joseph d'Arimathie et ceux qui l'as-

sistaient lavèrent le corps de Jésus. » On n'avait pas la coutume de soigner ainsi les corps des suppliciés; mais le supplicié du Calvaire était un Dieu.

D'après saint Jean Damascène, le corps de la sainte Vierge fut également lavé. Les Pères de l'Église rapportent des exemples de ces cérémonies dans les premiers temps. Plus tard, le corps de saint Hubert, évêque de Liége, celui de Charlemagne et d'autres furent l'objet des mêmes soins.

Les Grecs, qui lavaient aussi les cadavres, avaient des cérémonies particulières pour les religieux et pour les prêtres. Le moine chargé de laver le corps d'un religieux défunt trempait une éponge dans l'eau tiède et faisait avec cette éponge le signe de la croix sur le front, la poitrine, les mains, les pieds et les genoux du corps. Une semblable pratique était en usage pour les défunts revêtus de la dignité sacerdotale, avec cette différence, que c'étaient trois prêtres qui faisaient l'ablution et que l'éponge était trempée dans de l'huile pure.

On lit, de l'empereur Alexis, qu'il fut tellement abandonné de ses serviteurs après sa mort qu'on en trouva à peine qui voulussent laver son cadavre. Sidoine Apollinaire rapporte, comme une exception, que les Goths enterrèrent les soldats tués sur le champ de bataille, sans qu'on les lavât ou qu'on les vêtît; tant était grand le nombre des morts. Ces exemples et d'autres qu'on trouve dans les auteurs contemporains montrent la coutume des temps les plus reculés.

C'étaient d'ordinaire des femmes qui étaient chargées de laver les cadavres, surtout ceux de leur sexe. Le corps de saint Vincent Ferrier fut lavé par la duchesse de Bretagne, qui était Jeanne de France, fille de Charles VI. Des hommes faisaient aussi quelquefois cet office; mais ils ne lavaient jamais les cadavres des femmes.

On donne plusieurs raisons de cette pratique de laver les défunts. L'ablution rendait le corps plus propre à l'embaumement qui devait suivre; plus le corps était pur, plus l'aromate y pénétrait avec facilité, et plus aussi l'odeur du baume était agréable. De plus, les chrétiens voulaient rendre cet honneur, donner ces marques de respect à un corps qu'ils regardaient comme le tabernacle d'une âme bienheureuse, d'un corps qui devait un jour ressusciter lui-même avec gloire et être revêtu d'une gloire immortelle. C'est ainsi qu'ils relevaient par un motif plus noble une coutume usitée chez les païens et chez les Juifs.

Eusèbe dit que dans un temps de peste qui ravageait la ville d'Alexandrie, des prêtres et des diacres lavaient les corps des victimes, leur fermaient les yeux et la bouche. C'était un acte d'héroïque charité dont la religion seule est capable, et non pas un devoir de leur charge, comme l'ont faussement interprété les centuriateurs de Magdebourg.

§ 2. De l'embaumement des corps.

« Le corps de Jacob et celui de Joseph furent embaumés en Egypte ; ce n'était pas une précaution superflue, puisqu'il fallait transporter Jacob dans la Palestine et que les os de Joseph devaient être gardés en Egypte pendant près de deux siècles pour être auprès des Israélites un gage de l'accomplissement des promesses du Seigneur.

» Dans l'origine, la précaution d'embaumer les corps avait encore pour but d'éviter tout danger d'infection dans la cérémonie des funérailles; elle n'était pas dispendieuse dans la Palestine ; les aromates y étaient communs, puisque les Chananéens en vendaient aux Égyptiens. Du temps de Jésus-Christ, pour embaumer un corps, on l'enduisait d'aromates et de drogues desséchantes, on les serrait autour du corps et de chacun des membres avec des bandes de toile, et l'on plaçait ainsi le cadavre dans une grotte ou dans un caveau, sans le mettre dans un cercueil. Cela paraît 1° par l'histoire de la sépulture et de la résurrection de Jésus-Christ ; il n'y est fait aucune mention de cercueil. 2° La même chose est à remarquer dans l'histoire de la résurrection de Lazare. 3° Dans celle de la résurrection du fils de la veuve de Naïm, Jésus s'approche du mort, et lui dit : *Jeune homme, levez-vous ;* il n'aurait pas pu se lever, s'il avait été dans un cercueil (1). »

L'usage d'embaumer les corps des défunts a passé des Égyptiens aux Juifs, et des Juifs aux chrétiens. Nous en avons une preuve dans les paroles de Jésus-Christ lui-même. Six jours avant la Pâque, il vint à Béthanie où était mort Lazare qu'il avait ressuscité. On lui donna un repas. Marthe servait, et Lazare était un de ceux qui se trouvaient à table avec lui. Or, Marie prit une livre de vrai nard, parfum précieux, et le répandit sur les pieds de Jésus, et elle les essuya avec ses cheveux, et toute la maison fut remplie de l'odeur du parfum. Alors l'un de ses disciples, Judas Iscariote, celui qui devait le livrer, dit : Pourquoi n'a-t-on pas vendu ce parfum trois cents deniers et ne les a-t-on pas donnés aux pauvres? Mais Jésus dit : Cette femme, en répandant ce parfum, l'a fait à cause de ma sépulture (2).

(1) Bergier, *Dict.*, art. *funérailles*. — (2) Jean XII. Matth. XXVI.

Cette onction du corps de notre Sauveur était une cérémonie funèbre par anticipation, comme le texte le prouve et comme les commentateurs l'expliquent.

Quoique Joseph d'Arimathie eût déjà enveloppé le corps du Sauveur dans un linceul avec des aromates, les saintes femmes, Marie-Madeleine, Marie, mère de Jacques, et Salomé, sur le soir du sabbat, quand le repos de la fête fut fini, achetèrent des aromates pour embaumer le corps de Jésus. Et le premier jour de la semaine, dès le matin, elles vinrent au sépulcre, au lever du soleil.

« Comme l'usage d'embaumer les corps et de les conserver en momies avait été pratiqué de tout temps en Égypte, les chrétiens égyptiens n'y renoncèrent pas d'abord. Il est dit dans la vie de saint Antoine qu'il s'éleva contre cette pratique; les évêques représentèrent qu'il était mieux d'enterrer les morts comme l'on faisait partout ailleurs, et peu à peu les Égyptiens cessèrent de faire des momies (1). Mais l'usage d'embaumer avant l'enterrement fut conservé. Saint Éphrem dit dans son testament : « Accompagnez-moi de vos prières, et réservez « les aromates pour les offrir à Dieu. » L'en-

(1) Bingham, *Orig. eccles.*, l. 23, c. IV, § 8, t. 10, p. 93.

censement, qui se fait encore dans les obsèques des morts, paraît être un reste de l'ancienne coutume. » Ainsi parle Bergier.

Les écrivains des premiers siècles font mention de l'embaumement. « Que les Sabéens sachent, dit Tertullien, que leurs produits sont vendus en plus grande quantité et à plus haut prix pour la sépulture des chrétiens que pour le culte des dieux du paganisme. » Saint Grégoire parle de la coutume d'embaumer les corps des défunts avec la myrrhe.

§ 3. De l'ensevelissement des corps.

Les corps n'étaient pas seulement lavés et embaumés, mais aussi enveloppés dans un linceul, ou revêtus d'habits.

Les Juifs avaient-ils la coutume de rendre aux corps les habits qu'ils avaient portés? Il paraît qu'ils se contentaient d'un linceul. Joseph, Nicodème et les autres qui reçurent le corps de Jésus descendu de la croix, l'enveloppèrent de linge et d'aromates; saint Jean ajoute que *les Juifs ensevelissaient ainsi leurs morts*. Sans cet avertissement de l'évangéliste, nous n'aurions rien pu conclure, quant à l'usage constant, de ce qui s'était fait pour Jésus, puisque ses vêtements avaient été partagés et le sort jeté sur sa robe.

Lazare, enseveli également *d'après l'usage des Juifs*, avait les mains et les pieds liés, et le visage enveloppé de linge. Il paraît donc que l'usage d'habiller les cadavres n'était pas reçu chez les Juifs.

Pour nier le miracle de la résurrection, des incrédules ont prétendu que Jésus-Christ et Lazare n'avaient pas cessé de vivre. Écoutons Bergier.

« Dès que l'on réfléchit sur la manière dont se faisait cet embaumement, l'on conçoit qu'il était impossible qu'un homme vivant pût être embaumé, sans être étouffé dans l'espace de quelques heures. En effet, pour embaumer le corps de Jésus-Christ, *selon la coutume des Juifs*, Nicodème, accompagné de Joseph d'Arimathie, apporta environ cent livres de myrrhe et d'aloès (1). Ils le lièrent de bandelettes pour appliquer ces aromates sur toutes les parties du corps et lui mirent un suaire sur le visage (2); par conséquent le visage et toute la tête étaient couverts de drogues aussi bien que le reste des membres. Lazare avait été embaumé de même (3). Il est donc impossible que Lazare ait pu demeurer ainsi dans son tombeau pendant quatre jours, sans être véritablement mort, et que Jésus-

(1) *Joan.*, c. XIX, ℣. 39 et 40.
(2) C. XX, ℣. 6 et 7.
(3) C. II, ℣. 44.

Christ ait pu y demeurer de même pendant trente-six heures. Si l'un et l'autre ont reparu vivants, l'on est forcé de convenir qu'ils sont ressuscités. »

Beaucoup de chrétiens des premiers siècles furent ensevelis de la même manière, c'est-à-dire, dans un simple linceul. Eusèbe parle de ceux qui, pendant la peste, ne bornèrent pas leur charité à servir les malades jusqu'au trépas, mais eurent encore soin d'envelopper les cadavres dans des linceuls funèbres.

Il est dit des disciples de saint Antoine, qu'après avoir enveloppé son corps, ils l'inhumèrent.

La seconde manière d'ensevelir était fréquente parmi les premiers chrétiens. On revêtait chaque défunt des habits de son état. Saint Pierre, évêque d'Alexandrie et martyr, fut revêtu, par les fidèles, d'habits sacerdotaux blancs, d'une tunique et d'un huméral. Le pape Eutychien, monté sur le siége pontifical en 275, défendit d'ensevelir un martyr sans dalmatique et huméral de pourpre. Saint Ignace, patriarche de Constantinople, fut revêtu, après sa mort, de ses ornements pontificaux ; on lui mit l'huméral sacré de l'apôtre saint Jacques, appelé le frère de notre Seigneur. Cet huméral lui avait été envoyé de Jérusalem quelques années auparavant, et il l'avait en grande vénération. Saint Antoine se servit du manteau qu'il avait reçu de saint Athanase, pour envelopper le corps de saint Paul, premier ermite, et confia ensuite à la terre cette précieuse dépouille. On transporta à Constantinople le cadavre du grand Constantin, orné de sa pourpre impériale. Celui de Charlemagne fut revêtu de ses habits impériaux; le visage était couvert d'un suaire que pressait le diadème. On lui avait remis le cilice qu'il avait toujours porté secrètement sans le quitter. Au-dessus de ses habits impériaux, on voyait la gourde de pèlerin en or qu'il avait eu coutume de porter à Rome. Devant lui étaient le sceptre d'or et le bouclier, également d'or, que le pape Léon avait consacré.

L'Eucologe des Grecs prescrivait des cérémonies particulières. Les corps des religieux étaient revêtus d'un habit propre; on tirait le capuchon sur la tête et le visage jusqu'à la barbe. On leur mettait ensuite le scapulaire, le manteau, la corde, des souliers neufs, etc. Les prêtres recevaient leurs vêtements ordinaires et, par-dessus, les ornements sacerdotaux; on leur mettait sur le visage le voile qui servait à couvrir la matière du sacrifice, le pain et le vin. Le saint Évangile était posé sur le cadavre.

Il paraît que les Grecs revêtaient aussi les corps des séculiers de leurs plus précieux habits, et leur mettaient même du fard au visage, afin de rendre autant que possible aux corps des défunts la couleur et les apparences qu'ils avaient eues pendant leur vie.

Les Allemands avaient coutume d'envelopper ou de coudre leurs morts dans le linge, à l'exception des prêtres, qu'on enterrait ordinairement revêtus de leurs ornements sacerdotaux.

Quelquefois on mettait en terre avec les cadavres des objets précieux. Le moine d'Angoulême dit qu'on remplit le tombeau de Charlemagne d'aromates, de substances coloriées, de baume, de musc, et d'objets en or. Dans le tombeau de Probus et Proba Falconia, sous le pontificat de Nicolas V, on trouva une grande quantité d'or, provenant des habits dorés et d'autres ornements funèbres. Mais cette coutume excita la cupidité des voleurs. Pour éviter ces vols sacriléges, on eut soin plus tard de déchirer les habits précieux destinés à la sépulture. Les lois romaines avaient déjà défendu auparavant de déposer dans le tombeau quelque objet qui n'appartînt pas à l'ornement du corps du défunt. Saint Jean Chrysostome invectiva contre ceux qui ensevelissaient leurs morts avec des habits précieux, ou qui déchiraient les ornements qui leur étaient destinés.

§ 4. De l'exposition des corps.

1. Le corps du défunt, après avoir été lavé, embaumé et enseveli, était quelquefois exposé aux yeux du public. Saint Pierre, évêque d'Alexandrie et martyr, fut placé après sa mort sur le siége de saint Marc, revêtu de ses ornements pontificaux. La sainte femme Pélagie, dont parle saint Grégoire de Tours, adressa à son fils ces paroles : « Je t'en conjure, mon très-cher fils, qu'on ne me mette pas dans le tombeau avant le quatrième jour, afin que tous mes serviteurs et toutes mes servantes viennent voir mon misérable corps, et que personne de tous ceux que j'ai nourris avec beaucoup de soin ne soit frustré de la consolation de mes obsèques. »

Quelquefois cette exposition avait lieu après la cérémonie des funérailles. Le corps de sainte Paule, veuve, resta exposé trois jours avant qu'on l'inhumât sous l'église et près de la grotte de la Nativité, comme s'exprime saint Jérôme. Le cercueil qui renfermait le grand Constantin fut exposé dans le palais aux yeux du public; mais le corps ne l'a point été.

Il arrivait, parmi les anciens Égyptiens, qu'après avoir embaumé, enveloppé de linge et séché les cadavres des nobles, et surtout des martyrs, on les retenait sur des lits dans les

maisons, sans les brûler ou les enterrer, et on les mettait même à table. C'étaient des momies.

Saint Antoine, ermite, réprouva vivement cette coutume; au rapport de saint Athanase. « Si vous m'aimez, disait-il à ses frères quand il sentit approcher sa dernière heure, si vous m'aimez, que personne ne porte ma dépouille en Égypte, afin que mon corps ne soit pas conservé sur la terre pour un vain honneur et qu'on n'observe pas à mon égard les cérémonies que je réprouve. C'est pour cette raison surtout que je suis venu ici. Vous donc, mes frères, je vous en supplie, ayez soin de me couvrir de terre; vous, cachez le corps de votre père. Retenez de plus cet ordre d'un vieillard : Que personne que vous ne connaisse le lieu de ma sépulture. »

En Belgique, outre les évêques, on expose encore les prêtres revêtus des ornements de leur dignité, couchés sur le dos, les mains jointes sur la poitrine et serrant un crucifix. Cette vue inspire souvent les plus salutaires pensées.

Plusieurs raisons expliquent cette coutume de laver, d'embaumer, d'habiller, d'exposer les corps. C'est une marque d'estime et d'amour pour le défunt; on veut donner encore quelques soins affectueux à cet objet chéri qu'on regrette et qu'on pleure! Mais c'est surtout l'idée de l'immortalité de l'âme qui préside à toutes ces cérémonies funèbres. Les chrétiens veulent préserver encore quelque temps de la corruption la demeure terrestre d'une âme destinée à régner éternellement avec Dieu dans le ciel. Ils professent par là leur foi. « Si ceux qui ne croient pas à la résurrection de la chair ont soin des morts, dit saint Augustin, combien plus de raison n'y a-t-il pas pour ceux qui professent cette croyance! Le soin donné au corps qui est inanimé, mais qui doit ressusciter un jour et exister éternellement, est un témoignage de cette foi dans la résurrection.

» Ne traitez donc pas sans respect les corps des défunts, dit encore le même saint, surtout ceux des justes et des fidèles dont l'Esprit saint s'est servi comme d'instrument pour toute sorte de bonnes œuvres. Si l'on conserve l'habit d'un père, son anneau; si de semblables objets sont d'autant plus chers aux descendants que l'affection envers les parents est plus vive, combien ne devons-nous pas respecter leurs corps, qui nous ont été bien plus intimement unis! »

II.

Des devoirs rendus à l'âme.—Des messes, des prières, etc.

Les pratiques spirituelles consistent dans le

saint sacrifice de la messe, les prières, les psalmodies sur le cercueil, les aumônes et autres œuvres pies. Sainte Monique, sur le point de mourir, se recommanda à son fils saint Augustin : « Je ne vous demande qu'une seule chose, disait-elle, c'est que vous vous souveniez de moi à l'autel du Seigneur. » Ces paroles pénétrèrent bien avant dans le cœur si sensible d'Augustin; il aimait tant celle dont il avait reçu le jour ! « Je serais mort de douleur, dit-il quelque part, si je n'avais eu la religion pour me consoler de la mort de ma mère. » Il ne se contentait pas de prier seul pour elle, il demandait aussi aux autres prêtres de se souvenir de sa mère à l'autel des miséricordes. «Faites, Seigneur, disait-il, faites, ô mon Dieu, que vos serviteurs qui sont mes frères, que vos enfants qui sont mes maîtres, à qui je consacre ma langue, mon cœur et mes écrits, que tous ceux qui liront ces lignes, se souviennent à l'autel de votre servante Monique. »

Quand quelqu'un venait de mourir, on donnait un signal de la cloche, surtout dans les monastères. C'était un lugubre appel à la prière pour l'âme du défunt. Cette pratique s'est conservée dans plusieurs pays ; dans d'autres, on ne sonne qu'aux funérailles.

Les chrétiens des siècles passés, surtout les

moines, envoyaient à d'autres les noms des défunts, pour demander des prières et des messes. Dans la cent huitième lettre de saint Boniface, qui vivait au commencement du VIIIe siècle, on trouve cette formule : « Nous vous avons en-
» voyé les noms de ceux de nos frères qui sont
» récemment décédés, afin que, d'après l'usage
» reçu, vous vous souveniez d'eux dans vos sain-
» tes oraisons, et que vous envoyiez par écrit ces
» mêmes noms à d'autres monastères, comme
» nous le faisons aussi chaque fois que nous re-
» cevons de votre part ou des autres monastères
» les noms d'un frère défunt. » Dans une lettre de l'évêque Cineheard, qui se trouve parmi les lettres de saint Boniface, on lit ce passage :
» Nous vous envoyons les noms du seigneur Ro-
» main, évêque, pour lequel chacun de vous
» chantera trente messes, ainsi que les psaumes
» indiqués, et jeûnera d'après notre constitution.
» De même, chacun chantera dix messes pour
» deux laïques, Megenfrith et Hraban. » Il y avait dans le même but des confréries ou sodalités composées de membres de différents monastères.

Des maisons religieuses font encore entre elles ces charitables communications. Les familles envoient des cartes et des lettres de faire part ainsi que des *Souvenirs pieux*.

Saint Jean Chrysostome et saint Augustin exhortaient les fidèles à faire de larges aumônes pour le repos des trépassés.

Dès les premiers temps, on brûlait des torches, des lampes et des cierges auprès du cadavre avant de le porter à sa dernière demeure. On chantait des psaumes et on faisait des prières sur le cercueil. Souvent aussi on donnait au défunt un baiser d'adieu. Nous avons plusieurs exemples de cette pratique. L'empereur Justin II alla voir le cadavre de Justinien Ier, son oncle; dès qu'il l'aperçut, il se jeta sur la dépouille mortelle et lui donna le dernier baiser! Tous ceux qui virent le corps de saint Hubert, évêque de Liége, se jetèrent à genoux et lui baisèrent les pieds. Quand les Grecs se réunissaient pour enterrer un mort, les connaissances, les amis, les proches donnaient tous au défunt le baiser d'adieu.

III.

Des gémissements et du deuil.

Au temps de saint Jean Chrysostome, le deuil et la douleur pour la perte d'un parent, d'un ami, d'un bienfaiteur, se manifestaient par des signes extérieurs qui tenaient de l'ostentation. Les femmes s'arrachaient les cheveux, se déchiraient les bras et les joues, poussaient des cris et des hurlements dans les places publiques. Le saint évêque prêcha contre ces exagérations menteuses; mais il ne condamna pas la douleur vraie et modérée du cœur, ni les larmes qui en soulagent le poids. « Vous ne pouvez être insensible, dit-il : Jésus-Christ l'a montré lui-même; il pleura sur Lazare. Suivez son exemple; versez des larmes, mais n'oubliez pas la modération et la crainte de Dieu. »

Saint Jean Chrysostome ne tolère pas les pleureuses, louées à prix d'argent pour pleurer sur le mort avant et pendant les funérailles. Il ne veut que les larmes sincères; il ne permet que la douleur sans feinte. Beaucoup de personnes croient voir de l'imperfection dans les pleurs et de la vertu dans une stoïque insensibilité. Est-ce là l'esprit de l'Évangile? la doctrine de Jésus-Christ n'est-elle plus une doctrine d'amour?

Dès les temps anciens, on prenait des habits de deuil. En Europe, c'est la couleur noire qui a été adoptée pour la manifestation extérieure de ces amers regrets que cause la mort. Saint Cyprien et saint Jean Chrysostome n'ont écrit que contre l'usage abusif qui existait à leur époque. Les païens, en voyant des excès dans le deuil des chrétiens, y trouvaient une occasion de scandale et un moyen de défendre leurs propres erreurs. « Comment! se disaient-ils, les chrétiens croient à l'immortalité, et ils pleurent en désespérés ceux qu'ils ont perdus! La foi qu'ils professent de bouche, ils la démentent par leurs actions, leurs larmes et leur deuil. »

A la mort de Clodobert, fils du roi Chilpéric, les hommes et les femmes se revêtirent d'habits lugubres, comme on avait coutume de le faire aux funérailles des époux.

Les empereurs de Constantinople, à la mort de leur père, de leur mère, d'une épouse, d'un fils, d'un petit-fils, si le défunt avait été empereur, ou s'il avait eu une part à la dignité impériale, portaient d'abord des habits blancs, puis des habits citrons sans perles, et enfin des vêtements splendides. Si le défunt était un oncle ou une tante du côté du père, ou un frère, qu'il eût été revêtu de la dignité d'empereur ou non, ou bien une sœur ou un fils qui ne fût pas empereur, les empereurs portaient d'abord des habits de couleur citrine sans perles, et ensuite avec des perles. Aussi longtemps que l'empereur portait les habits blancs, non-seulement les grands de l'empire, mais tous les autres, et même les plébéiens, portaient des habits noirs; mais les proches du défunt portaient des habits noirs pendant quarante jours quand ils paraissaient devant l'empereur revêtu d'habits de couleur citrine, et ensuite ils prenaient le bleu de ciel jusqu'à ce que l'empereur eût déposé le deuil : alors ils pouvaient reprendre leurs vêtements ordinaires.

Pour d'autres parents, l'empereur ne prenait pas les habits de couleur citrine. Certains parents de l'empereur, qui perdaient un de leurs proches, devaient rester neuf jours dans leur maison, et ensuite se rendre de nuit auprès de l'empereur pour lui présenter leurs hommages. Depuis ce moment, ils devaient porter des habits noirs hors du palais; mais, en présence de l'empereur, il fallait la couleur bleu de ciel, car il n'était permis à personne de se montrer à la cour en noir, sauf le temps où l'empereur lui-même portait le deuil.

Ces lignes rappellent le souvenir du deuil national des belges à l'occasion de la mort de S. M. la Reine, Louise-Marie, décédée à Ostende le 11 octobre 1850 (1).

Le temps que durait anciennement le deuil n'est pas bien déterminé dans l'histoire.

(1) Voir sur les *Deuils de Cour* l'excellent ouvrage de Monsieur Désiré de Garcia de la Vega, intitulé *Guide pratique des agents politiques*, 2e p. c. VII, p. 65.

DEUXIÈME PARTIE.

De la levée du corps.

§ 1. Des porteurs.

1. Quand toutes les cérémonies étaient terminées dans l'intérieur de la maison, on faisait la levée du corps. La douleur des parents, des amis se renouvelait aussitôt et navrait tous les cœurs.

Dans les siècles passés, il existait une coutume odieuse que nous ne pouvons passer sous silence. Quelquefois les usuriers arrêtaient le convoi, mettaient la main sur le cercueil et empêchaient l'inhumation ; ils tenaient le cadavre en gage jusqu'à ce que la somme prêtée leur eût été rendue. L'empereur Justinien établit des peines sévères contre ceux qui se rendaient coupables d'une si lâche cupidité.

2. Ceux qui étaient chargés du soin des funérailles, du cadavre et de l'ensevelissement, étaient appelés κοπιῶντες, par saint Ignace d'Antioche, de κόπος, qui signifie en latin *labor*, et en français, *travail*. Saint Épiphane les appelle *copiatæ*, mot qui a la même étymologie : ce sont ceux, dit-il, qui enveloppent les corps

des défunts et les ornent pour la sépulture. Ils les portaient aussi au tombeau.

Constantin le Grand avait donné à l'église de Constantinople neuf cent cinquante établissements, appelés *officinæ*, ateliers, exempts de toute charge et impôt, afin que les sépultures fussent gratuites. Elles devaient fournir des *lecticaires* (lecticarii), ainsi nommés parce qu'ils portaient les morts sur une espèce de brancard appelé *lectica*; des *doyens* (decani) ou *collegiati*, *confrères*, qui formaient une espèce de corps; des *libitinaires* (libitinarii) ou *copiates* (*copiatæ*). Il paraît que l'empereur les prit dans différents corps de métier. Les empereurs Honorius et Théodose confirmèrent cette institution de Constantin; l'empereur Anastase ajouta cent cinquante ateliers à ceux qui étaient établis, de manière à porter le nombre à onze cents. Outre cela, il leur assigna le revenu de cent autres.

« Justinien inséra dans son Code la constitution d'Anastase, qui assignait une rente de soixante et dix livres d'or à la grande église de Constantinople pour faire tous les enterrements sans rien exiger; il punissait les contraventions d'une amende de cinquante livres d'or. Il renouvelait ainsi les ordres d'Anastase et du grand Constantin pour les sépultures gratuites. Il confirma aussi les immunités que ces deux empereurs avaient données à onze cents ateliers de la grande église de Constantinople, afin qu'elle fît toutes les dépenses des funérailles, et il révoqua toutes les exemptions des autres ateliers, afin qu'ils ne pussent nuire à ceux de la grande église.

» Cependant l'empereur avait appris qu'on exigeait de l'argent pour la sépulture, même des pauvres, avec une dureté incroyable. Pour remédier à cet abus, il ordonna que les économes de la grande église prendraient le soin des terres destinées aux frais des sépultures et de trois cents ateliers; que les défenseurs auraient le maniement des autres, afin de donner les sommes assignées aux doyens, aux religieuses, aux acolytes, qui servent aux funérailles. Si les économes manquaient de faire ces distributions d'argent aux employés des funérailles, le patriarche devait leur ôter les fonds qu'ils avaient reçus pour cela, afin qu'on n'exigeât rien par force pour les enterrements.

» Cet empereur régla le nombre de ceux qui soigneraient et accompagneraient gratuitement les funérailles. Ceux qui en désiraient un plus grand nombre devaient donner de leur propre bien une somme égale à celle que donnait l'église (1). »

(1) Thomassin, p. 553.

Il paraît que l'ensevelissement des corps a été un office spécial des clercs. Saint Jérôme, parlant de la femme frappée sept fois : « Les clercs, dit-il, qui avaient cet office, enveloppèrent dans une toile le cadavre sanglant, et après avoir creusé une fosse, ils construisirent une tombe de pierres. » Bergier dit à ce sujet :

« Dès le IVe siècle, l'Église grecque établit un ordre de clercs inférieurs pour avoir soin des enterrements; ils furent nommés *copiates* ou travailleurs, du grec κόπος, *travail; fossaires* ou fossoyeurs; *lecticaires,* parce qu'ils portaient les morts sur une espèce de brancard nommé *lectica; decani* et *collegiati*, parce qu'ils faisaient un corps séparé du reste du clergé. Ciaconius rapporte que Constantin en créa neuf cent cinquante, tirés des différents corps de métiers, qu'il les exempta d'impôts et de charges publiques. Le P. Goar, dans ses notes *sur l'Eucologe des Grecs,* insinue que les *copiates* ou *fossaires* étaient établis dès le temps des apôtres, que les jeunes hommes qui enterrèrent les corps d'Ananie et de Saphire, et ceux qui prirent soin de la sépulture de saint Étienne (1), étaient des fossaires en titre; cela prouverait qu'il y en avait déjà chez les Juifs. Saint Jérôme, ou plu-

(1) *Act.*, c. V, ℣. 6; c. VIII, ℣. 2.

tôt l'auteur du traité *De septem Ordinib. Ecclesiæ,* les met au rang des clercs. L'an 357, l'empereur Constance les exempta, par une loi, de la contribution lustrale que payaient les marchands. Bingham dit que l'on en comptait jusqu'à onze cents dans l'église de Constantinople. On ne voit pas qu'ils aient tiré aucune rétribution de leurs fonctions, surtout des enterrements des pauvres ; l'église les entretenait sur ses revenus, ou ils faisaient quelque commerce pour subsister ; et, en considération des services qu'ils rendaient dans les funérailles, Constance les exempta du tribut que payaient les autres commerçants (1). »

« Le cimetière chrétien, dit le R. P. dom Pitra, reflèta la commune charité qui unissait si tendrement les premières familles de frères en Jésus-Christ. A Rome, on se hâta de créer la confrérie des *fossores,* qui furent rattachés à la cléricature ; chaque communauté eut sa hiérarchie de travailleurs : jour et nuit ils étaient à l'œuvre, dans les terrains les plus friables, dans ces vastes sablonnières de pouzzolane, que la Providence semblait avoir préparées, dès les premiers jours du globe, pour y déposer le bon

(1) Bingham, *Orig. eccl.*, t. II, l. 3, c. VIII. — Tillemont, *Hist. des empereurs*, tome IV, p. 255. — Bergier, *Dict.* — Baronius, tome XIV, n. 288.

grain et l'arroser du sang des martyrs. On a calculé qu'il dut y avoir à Rome vingt confréries de *fossores*, et qu'en travaillant simultanément ils ouvrirent en deux siècles douze cents kilomètres de galeries souterraines et six millions de sépulcres (1). »

Quoiqu'il y eût de ces confréries de copiates ou lecticaires, souvent les personnages les plus honorables remplissaient cette lugubre fonction, surtout auprès d'un parent défunt. Saint Grégoire de Nysse parle ainsi des funérailles de sa sœur Macrine : « Voulant porter le cercueil, j'appelai l'évêque Araxe pour se mettre à l'autre bord. Deux hommes distingués du clergé étaient à la partie postérieure. » Nous apprenons par saint Jérôme que sainte Paule fut portée au tombeau par des évêques. C'étaient aussi des pontifes qui portaient des lampes et des cierges, et qui conduisaient les chœurs. Le corps de saint Fulgence fut porté à l'église par des prêtres. Saint Grégoire dit de saint Basile que « le corps d'un saint était levé et porté haut par les bras des saints. »

Au lieu de ces honneurs, rendus aux défunts par les prêtres et les personnages distingués qui portaient le cercueil, on se borne aujourd'hui

(1) *Études sur la coll. des Acta SS.*, Diss. IV.

à tenir les coins du drap mortuaire. Ainsi se conserve du moins le souvenir de l'ancienne pratique.

D'ordinaire les porteurs étaient auno mbre de quatre; nous l'avons vu au sujet de sainte Macrine. Saint Ambroise dit que le fil de la veuve de Naïm, ressuscité et rendu à sa mère par le Sauveur, était porté par quatre hommes. Quelquefois aussi, soit à cause de la pesanteur du cercueil, soit pour donner plus de magnificence à la lugubre cérémonie, on employait six ou huit porteurs.

L'institution des copiates a donné lieu aux *sodalités de la mort*, érigées à Rome et ailleurs pour le soin des sépultures.

A Béthune dans l'Artois, ville qui autrefois appartenait à la Belgique, il existait, du temps du père Gretzer, une sodalité du titre de Saint-Éloi, *Charitas Eligiana*, qui surpassait peut-être, selon lui, tout ce qu'il y avait de plus utile en ce genre dans toute l'Europe. Elle se chargeait des funérailles; et personne, de quelque basse condition qu'il fût, n'était privé des honneurs consolants de la sépulture. On attribue à saint Éloi, apôtre des Flandres, évêque de Tournai et de Noyon, l'institution de cette confrérie. Chaque année, on choisissait pour l'administration vingt et un citoyens pris parmi les plus honorables de la ville; ceux-ci choisissaient à leur tour un président et quatre membres qui se mettaient à la tête et menaient avec eux d'autres associés dans les maisons mortuaires. Là, on prenait le cercueil pour le porter au cimetière. Ce service charitable était rendu à tous ceux qui étaient inscrits dans la sodalité et mouraient dans la ville, alors même qu'ils avaient été emportés par quelque maladie contagieuse.

Les cérémonies de la levée du corps et de la sépulture varient dans presque toutes les localités. D'après le rituel romain, le clergé se rend processionnellement à la maison mortuaire. Avant d'enlever le corps, le prêtre jette de l'eau bénite sur la bière. Il commence l'antienne *Si iniquitates* et dit le psaume *De profundis*. Après cette prière, on enlève le corps; le prêtre en sortant de la maison entonne d'une voix grave l'antienne *Exultabunt Domino*, et les chantres commencent le psaume *Miserere mei, Deus, secundum*, etc.; à l'entrée de l'église, on répète l'antienne *Exultabunt Domino ossa humiliata*, et on dit le répons *Subvenite, Sancti Dei*, etc. Après avoir placé le corps au milieu de l'église et allumé les cierges à l'entour de la bière, on dit l'office des morts, et on commence la Messe.

—

§ 2. De la bière.

L'appareil dans lequel on portait les morts était appelé en grec κλινη, *lit, couche, litière;* en latin, *feretrum,* du mot *ferre,* qui signifie *porter;* en français *bière, litière, cercueil.*

« Il y avait à Constantinople des lits et des bières communes; mais ceux qui voulaient avoir une des deux litières plus magnifiques qu'on gardait dans les églises des Studites et de Saint-Étienne, ou même la litière dorée de la grande église, devaient fournir à la dépense qu'exigeait le grand nombre des personnes qui y étaient nécessaires; et cette dépense devait être proportionnée aux taxes que les employés des funérailles recevaient de l'église même dans les enterrements gratuits (1). »

Les corps étaient tantôt visibles et tantôt couverts. Les Grecs ont longtemps conservé la coutume de ne pas fermer le cercueil afin qu'on pût encore une fois contempler le visage du défunt. Les cercueils des souverains pontifes étaient couverts de dalmatiques; souvent le peuple, par piété et respect, déchirait ces voiles et conservait les lambeaux comme des reliques précieuses. Saint Grégoire le défendit sous peine

(1) Thomassin

d'anathème. Le peuple aimait à conserver ces souvenirs des hommes d'une sainteté éminente.

Les funérailles se faisaient tantôt pendant la nuit, surtout aux temps de persécution, tantôt pendant le jour, quand l'Église goûtait la paix. Julien l'Apostat avait porté une loi pour défendre d'ensevelir les morts pendant le jour. Il le faisait par haine contre les chrétiens; car il détestait les cérémonies religieuses par lesquelles les chrétiens rendaient un dernier devoir religieux aux défunts.

§ 3. Du convoi.

Souvent une grande multitude accompagnait le convoi funèbre, en particulier celui des hommes distingués par leur vertu ou par leur rang. Cette affluence s'est fait remarquer surtout aux funérailles de saint Basile, de saint Melèce, évêque d'Antioche, du pape Agapet, de saint Sabas, de saint Jean Chrysostome, de saint Martin, de sainte Paule, de l'impératrice Pulchérie, de saint Hubert, évêque de Liége, et de plusieurs autres défunts remarquables. On peut lire dans l'ouvrage du père Gretzer la description de ces funérailles magnifiques et touchantes. Un peuple immense marchait en ordre et formait une longue et solennelle procession.

Quelquefois, dans cette pompe funèbre, on conduisait les chevaux couverts de sacs ou de couvertures funèbres, comme on le fait aujourd'hui à l'enterrement des empereurs, des rois, des princes, des généraux, etc.

De même qu'on psalmodiait auprès du cercueil avant la levée du corps, des chantres formés en chœur et chantant des psaumes accompagnaient le convoi. Pendant les trois jours que le corps de sainte Paule resta dans l'église du Sauveur, et même toute la semaine qui suivit l'enterrement, on continua ces chants lugubres. Quand le corps de l'empereur Constance fut transporté de Mopsueste à Constantinople, on le déposait chaque nuit, pendant ce long voyage, dans une église, et on l'entourait de chantres pour chanter des psaumes.

Justinien avait pris des mesures pour qu'aucun enterrement ne fût privé de cette psalmodie si touchante. Il ordonna qu'un couvent de religieuses y prendrait part, et que huit femmes au moins précéderaient le cercueil en chantant des psaumes, et trois acolytes. Ces fonctions devaient être gratuites; mais si quelqu'un voulait spontanément employer un plus grand nombre de personnes, il pouvait le faire à ses frais.

L'empereur détermina que, dans ce cas, on prendrait au moins huit religieuses ou chanoinesses de chaque monastère et pas moins de trois acolytes par monastère.

Des écrivains ont confondu ces religieuses avec les pleureuses du paganisme. C'est une erreur. Celles-ci se livraient à une douleur factice qui tenait de l'ostentation théâtrale; celles-là chantaient des psaumes de David pour le soulagement des morts et la consolation des vivants.

Un capitulaire de Charlemagne défendait aux fidèles de faire aux enterrements aucune cérémonie conservée du rite des païens; il recommandait d'implorer avec dévotion et componction du cœur la miséricorde de Dieu pour l'âme du défunt. « Après avoir porté le cadavre au tombeau, dit le même capitulaire, qu'on s'abstienne de ces hurlements; mais que ceux qui ne savent pas de mémoire les psaumes, chantent à haute voix : *Kyrie eleïson, Christe eleïson*, de telle sorte que les hommes commencent et que les femmes répondent. »

En Espagne, il était autrefois d'usage de chanter un chant funèbre, de se frapper rudement la poitrine, ou de frapper ceux qui étaient présents, ou ses proches. Le troisième concile de Tolède, tenu en 1590, défendit cet usage.

« Aussitôt que quelqu'un, chez les juifs, était

mort, ses parents et ses amis, pour marquer leur douleur, déchiraient leurs habits, se frappaient la poitrine, et se couvraient la tête de cendres; la pompe funèbre était accompagnée de joueurs de flûte et de femmes gagées pour pleurer (1). »

Dès les premiers siècles, on se servait de torches ou de cierges dans les convois. Le corps de saint Cyprien, évêque de Carthage et martyr en 258, fut porté par les fidèles dans un champ voisin, accompagné de cierges. A l'enterrement de sainte Paule, des évêques précédaient le corps avec des cierges et des lampes; à celui de Macrine, un grand nombre de diacres et d'autres ministres portaient de la lumière. En 438, saint Procle fit transporter solennellement à Constantinople le corps de saint Jean Chrysostome, mort en 407, à Comane dans le Pont. L'empereur Théodose II et sa sœur Pulchérie assistaient à cette translation, et demandaient à Dieu pardon pour leur père et leur mère, Arcade et Eudoxie. La multitude de fidèles qui suivait le convoi était si grande que tout le Bosphore paraissait couvert de lumières. Il paraît qu'aux funérailles de Pulchérie, des cierges étaient fixés des deux côtés de la bière, à peu près comme de nos jours on les place au cénotaphe.

(1) Bergier, *Dict.* — Matt., c. IX, ℣. 23.

Dans la suite des temps, trois acolytes portaient des cierges et des torches, comme on le voit dans les *Novelles* de Justinien. Le nombre suffisait légalement quand un seul monastère accompagnait le cercueil; mais il en fallait six pour deux couvents, neuf pour trois, et ainsi de suite.

A quoi bon ces lumières, demande saint Jean Chrysostome? C'est que nous voulons montrer que le défunt était enfant de lumière, qu'il est mort comme tel, qu'il a fait des œuvres de lumière, et enfin qu'il a quitté ce monde avec l'espérance de jouir de la lumière éternelle.

Saint Pierre, évêque d'Alexandrie, souffrit le martyre en 311. Les fidèles portaient dans les mains des palmes triomphales et des encensoirs fumants quand ils l'enterrèrent. Aux funérailles de Justinien, on brûlait aussi de l'encens.

Pallade, dans son *Histoire Lausiaque*, parle d'un monastère confié aux soins de l'abbé Aphthonius et composé de près de quatre cents femmes. « Elles habitent, dit-il, de l'autre côté du Nil; les hommes demeurent au côté opposé. Quand une vierge vient à mourir, les autres vierges, après avoir préparé le corps pour la sépulture, l'enlèvent et le portent sur la rive. Les frères traversent le fleuve avec des palmes et des rameaux d'olivier, et, en chantant les psaumes, ils transportent le cadavre à l'autre bord, pour le déposer dans leurs monuments. »

Grégoire de Tours parle de l'usage de porter la croix devant le cercueil et de brûler des parfums.

TROISIÈME PARTIE.

De la sépulture.

§ 1. Du lieu.

Le lieu destiné à la sépulture est appelé *sépulcre*. Toutes les nations se sont fait un devoir de donner aux morts une sépulture honorable; elles ont regardé ces lieux comme sacrés. Ceux qui les profanaient ou y fouillaient étaient punis sévèrement. Les Égyptiens appelaient le sépulcre des *maisons éternelles*, tandis qu'ils ne donnaient à leurs maisons et à leurs palais que le titre d'*hôtellerie*. Pensée riche et profonde! Voyageurs sur cette terre, nous nous arrêtons quelques jours sous un toit hospitalier, en marchant à grands pas vers notre éternelle demeure.

Il y avait parmi les anciens trois sortes de sépultures : les uns brûlaient les corps, les autres les mettaient en terre, quelques-uns les renfermaient dans des espèces de coffres de pierre. La plus ancienne manière est de les enterrer, comme on le voit par l'Écriture sainte; celle de les brûler s'est introduite dans la suite; l'on en voit des vestiges dans Homère et dans le livre des Rois; les Égyptiens conservaient les morts dans des coffres de pierre ou de bois (1).

Les Romains avaient la coutume de brûler les cadavres; la loi des douze tables, apportée de la Grèce sous les décemvirs, vers l'an 449 avant Jésus-Christ, défendit de le faire dans l'intérieur de la ville de Rome. *In urbe neve sepelito, neve urito.* On voulait éviter par là l'infection et les incendies. La loi cependant fut encore violée; Cicéron, dans sa Milonienne, parle du sinistre qui arriva quand le corps de Clodius fut brûlé sur le bûcher.

Les chrétiens rétablirent l'ancien usage d'inhumer les corps. Les païens leur en firent un reproche; Minutius Félix, mort en 255, répliqua que ce changement ne venait pas, comme ils le semblaient prétendre, de ce qu'on craignait de détruire par le feu ce qui devait toutefois périr, mais d'un sage respect pour une coutume plus ancienne et plus religieuse. L'usage païen avait disparu du temps de Macrobe, vers l'an 422. Parlons du lieu de la sépulture.

Dès les premiers siècles, les fidèles ont fait profession de ne pas mêler leurs sépultures avec

(1) Voir Moréri, *Dict.*

celles des infidèles. Saint Cyprien, martyr en 258, accuse Martial, évêque d'Espagne, d'avoir fait enterrer ses enfants parmi les tombeaux des idolâtres.

« Mais les chrétiens ne bornèrent pas leur charité à la sépulture de leurs frères; ils se chargèrent encore de celle des païens qui étaient pauvres et délaissés. Pendant une peste cruelle qui ravagea l'Égypte, les chrétiens bravèrent les dangers de la contagion pour soulager les malades et pour enterrer les morts, et la plupart tombèrent victimes de leur charité. L'empereur Julien, quoique ennemi du christianisme, était frappé du zèle religieux des chrétiens pour cette bonne œuvre; il avoue que la charité envers les pauvres, le soin d'enterrer les morts, et la pureté des mœurs, sont les trois causes qui ont le plus contribué à l'établissement et aux progrès de notre religion (1). »

Abraham avait enseveli Sara, sa femme, dans la caverne de Macphélah, que regardait Mambré, où est la ville d'Hébron en la terre de Chanaan, et le champ, et la caverne qui était dans le champ, furent livrés à Abraham comme un sépulcre par les enfants de Heth; Isaac et

(1) Eusèbe, *Histoire ecclésiast.*, l. 7, c. XXII. — Bergier, *Dict.* — *Lettre 49 à Arsace.*

Ismaël, ses fils, l'ensevelirent lui-même dans la caverne de Macphélah, qui est située dans le champ d'Ephron, fils de Séor l'Héthéen, vis-à-vis de Mambré et qu'il avait achetée des fils de Heth : là furent ensevelis Abraham et Sara sa femme. Jacob demanda d'y être transporté. « Je vais me réunir à mon peuple, disait-il ; ensevelissez-moi avec mon père dans la caverne de Macphélah... C'est là qu'on l'a enseveli avec Sara, sa femme ; là a été enseveli Isaac avec Rébecca, sa femme ; là est enfermée et repose Lia (1). »

Ainsi ces anciens justes voulaient être réunis à leur famille et dormir avec leurs pères jusqu'au jour du Seigneur, dans l'espérance de l'immortalité. C'est un type de nos usages modernes.

« Les Juifs n'avaient point de lieu déterminé pour la sépulture des morts ; ils plaçaient quelquefois les tombeaux dans les villes, mais plus communément à la campagne, sur les grands chemins, dans les cavernes, dans les jardins. Les tombeaux des rois de Juda étaient creusés sous la montagne du temple ; Ézéchiel l'insinue, lorsqu'il dit (2) qu'à l'avenir la montagne sainte ne sera plus souillée par les cadavres des rois. Le tombeau que Joseph d'Arimathie avait préparé

(1) *Genèse*, c. 23, 25, 49.
(2) C. 43, ℣. 7. — Bergier.

pour lui-même, et dans lequel il mit le corps du Sauveur, était dans son jardin, et creusé dans le roc. Saül fut enterré sous un arbre; Moïse, Aaron, Éléazar, Josué, le furent dans les montagnes. »

La loi des douze tables avait défendu aussi d'inhumer les corps dans la ville de Rome. Déjà depuis l'expulsion des rois cet usage avait presque cessé. Toutefois il y eut encore des Romains qui jouirent du privilége d'être enterrés dans la ville, et avant la loi et depuis la loi. La famille Claudius avait ses tombeaux sous le capitole; les Valérius Publicola et les Posthumius Tubertus recevaient aussi la sépulture en ville. Mais du temps de Plutarque, mort en 145, les Publicola se faisaient transporter dans la contrée de Vélie. Les vierges vestales, les empereurs, et ceux qui avaient rendu quelque service à la république ou triomphé des ennemis de l'empire avaient aussi ce privilége. C'étaient les seuls (1).

L'empereur Adrien, vers l'an 117, selon Ulpien, ou son successeur Antonin le Pieux, d'après Lampridius, étendit cette loi à toutes les villes de l'empire. Théodose le Grand, vers 379, étendit à la ville de Constantinople le privilége de l'ancienne Rome, et ordonna qu'on portât

(1) Voir Moréri, *Dict.*, art. *Sépulture* et *Sépulcre*.

hors de la ville toutes les urnes funéraires, tous les sarcophages et les cercueils qui renfermaient les corps ou les cendres des défunts. Cette loi fut généralement observée dans les Gaules jusque sous les Carlovingiens.

Les sépulcres étaient ordinairement sur les grands chemins, pour avertir les hommes, dit Varron, qu'ils sont mortels. Souvent les fidèles enterraient leurs morts dans des grottes creusées en terre, dans des cryptes qu'ils appelaient aussi *tumbæ*, *catatumbæ*, *catacumbæ*, hors des villes et près des grands chemins. Saint Jérôme dit que, étant à Rome dans sa jeunesse, il passait les saints jours de dimanche à aller visiter les tombeaux des apôtres et des martyrs, à entrer dans les grottes creusées profondément en terre. On y entrait de deux côtés opposés, comme dans les rues; les corps étaient placés de part et d'autre dans les parois. Prudence fait une description poétique de ces montagnes creusées qui servaient de cimetières. Les souterrains étaient destinés non-seulement à la sépulture des morts, mais aussi à servir d'abri aux chrétiens pendant la persécution. Ils avaient des dimensions si considérables qu'on pouvait les regarder comme des villes souterraines. On y célébrait la messe, on y administrait les sacrements, on y tenait des synodes. Le peuple s'y rendait souvent en foule pour honorer les martyrs qui y étaient ensevelis. Mais ce concours cessa quand les corps des martyrs eurent été transportés dans la ville et exposés dans différentes églises à la vénération des fidèles. Souvent aussi les empereurs païens avaient porté des édits pour défendre aux fidèles l'entrée de ces cimetières : on continuait d'y célébrer les saints mystères malgré ces défenses des tyrans persécuteurs.

Voilà l'origine des *cimetières*. Ce mot, en latin *cœmeterium*, dérive du grec κοιμάω, *mettre au lit, faire dormir*, dont la signification moyenne est *se coucher, reposer, dormir*. De là est venu l'usage de donner aussi au cimetière la dénomination latine *dormitorium*, qui signifie *dortoir*. « Le mot, dit dom Pitra, que les premiers chrétiens affectionnaient pour désigner, autrement que les païens, le repos de la tombe, *depositio, déposition,* est encore la plus commune appellation dans l'obituaire des saints. » Tous ces mots renferment une consolante vérité; ils attestent la foi à la résurrection de la chair. La mort du chrétien n'est qu'un sommeil, un repos; le fidèle espère et attend le réveil. Il s'est endormi du sommeil de la mort; il s'est couché pour quelque temps, mais pour se relever bientôt.

Il paraît que, dans les premiers siècles, on n'enterrait personne dans les églises; l'on ne pouvait, d'après les canons, y mettre en dépôt que les corps des martyrs et les reliques des saints. « On inhumait les autres dans les cimetières seulement, et l'empereur Constantin fut le premier qui se fit enterrer sous le portique du temple des apôtres à Constantinople. L'empereur Honorius, à son exemple, fit dresser son tombeau dans le porche de l'église Saint-Pierre à Rome. Ces exemples furent bientôt suivis; sous le pape Léon, l'usage d'enterrer aux porches et à l'entrée des églises était presque général.

» Dans la suite, on obtint la sépulture dans l'intérieur même des temples; mais les évêques étaient attentifs à n'accorder cette grâce qu'à ceux qui avaient été pendant leur vie d'une piété distinguée. C'est ce que prouvent plusieurs conciles.

» Cette discipline fut négligée dans les siècles suivants, à tel point que les personnes illustres, pour se distinguer du commun des fidèles qu'on enterrait pour certains droits pécuniaires dans les églises, cherchèrent à être enterrées dans des lieux particuliers et surtout dans le chœur. Cette prérogative fut accordée d'abord aux personnes de haute considération; dans la suite, elle fut donnée aux patrons et fondateurs; ce qui était déjà établi dans le XIIIe siècle (1). »

(1) *Dict. du droit canon.* Migne, art. *Sépulture.*

Avant d'exposer ici ce point avec quelques détails, il est nécessaire de faire une remarque importante; c'est que toutes les églises dont il va être parlé, ou du moins le plus grand nombre, n'étaient pas dans l'intérieur des villes à l'époque où l'on y faisait les enterrements.

Il est dit dans la vie de Mommolin, évêque de Tournai et de Noyon, qu'étant mort dans cette dernière ville, il fut enterré hors des murs devant une des portes, dans l'église des Saints-Apôtres, « parce que la cité n'est pas pour les morts, mais pour les vivants. *Non civitas mortuorum est, sed viventium.* » D'après une note des Bollandistes, c'est en France que les lois qui défendaient d'enterrer dans les villes furent d'abord violées en faveur des rois. Sans parler des souverains dont la sépulture dans l'intérieur des villes n'est pas constatée, on peut affirmer, d'après les historiens du temps, que Chilpéric II fut enterré dans sa terre de Noyon (1).

Voici comment Thomassin expose la question:

« Mais si le commun des fidèles recevait la sépulture dans le cimetière, on ne peut douter que les évêques, les personnes éminentes en sainteté, en noblesse, en dignité, ne fussent enterrés dans l'intérieur des églises. Saint Am-

(1) *Acta SS.*, tome 7 d'octob. p. 985

broise, mort en 397, avait destiné pour sa sépulture le dessous de l'autel, parce que, disait-il, il est juste que le prêtre repose à l'endroit où il avait coutume d'offrir le sacrifice. Il céda le côté droit de l'autel aux corps des saints martyrs Gervais et Protais, quand il les eut trouvés. Sa sœur Marceline voulut être enterrée auprès de lui, et il avait lui-même procuré un tombeau à son frère Satire auprès du corps d'un illustre martyr de la foi, afin, disait-il, que le sang sacré arrose en quelque sorte la dépouille mortelle. Saint Jérôme dit que le corps de sainte Paule, morte en 404, fut déposé au milieu de la grotte de l'église de Bethléem. On voit encore son tombeau auprès de celui de saint Jérôme, mais il est vide.

» Ferrand fait remarquer dans la vie de saint Fulgence que ce saint prélat, mort en 533, fut le premier enterré dans une église des Saints-Apôtres, quoique l'ancienne coutume eût été de ne laisser ensevelir dans l'église ni laïque, ni évêque. »

Le concile de Brague, tenu en 563, défendit d'enterrer personne dans les basiliques des martyrs; mais il permit de mettre les sépultures auprès des murailles de l'église, en dehors, s'il était nécessaire. Il regardait l'usage établi comme un manque de respect envers les restes des martyrs. Les chapelles que l'on voit souvent bâties autour des églises, doivent peut-être leur origine à l'usage d'enterrer contre les murailles; on aura voulu couvrir le tombeau d'un petit monument et y mettre un autel. Nous avons vu que Grégoire de Tours bénit l'autel du tombeau de Radegonde.

Au VIe siècle, saint Grégoire de Tours dit que le grand Clovis et la reine sainte Clotilde, son épouse, furent enterrés dans la basilique des Saints-Apôtres qu'ils avaient eux-mêmes bâtie, et où se trouvait le sépulcre de sainte Geneviève. Cet auteur fait voir ailleurs que les rois et les enfants des rois étaient enterrés dans les églises. Il consacra lui-même l'autel où l'on devait ensevelir sainte Radegonde, reine de France, morte en 587, et fit ses funérailles en l'absence de l'évêque de Poitiers. L'église de l'abbaye de Saint-Denis, près de Paris, fut dotée de grands priviléges par le roi Clovis II, parce que le roi Dagobert, son père, et la reine Nantilde, sa mère, y étaient enterrés.

Les religieux et les religieuses, aussi bien que les évêques et les ecclésiastiques, participèrent les premiers à cette faveur accordée aux familles royales. Les auteurs de la vie de saint Césaire, archevêque d'Arles, disent qu'il bâtit une église et qu'il fit mettre des arceaux de pierres sous tout le pavé pour y déposer les corps des religieuses. Sa sœur, sainte Césarie, morte peu de temps après, fut enterrée au milieu de cette église, près du trône épiscopal et du lieu même que saint Césaire avait destiné à sa propre sépulture. « Je vous abandonne, disait dans son testament saint Perpétue, évêque de Tours, aux prêtres, aux diacres et aux clercs de son église, je vous abandonne entièrement le choix du lieu de ma sépulture. Cependant, si vous voulez me faire une grâce, et je vous la demande en suppliant quoique je m'en reconnaisse indigne, je désire reposer aux pieds de saint Martin jusqu'au jour du jugement. » Son épitaphe nous apprend que ses vœux furent accomplis.

En Orient, les tombeaux des martyrs ont été placés dans les églises, ou bien l'on a bâti des basiliques pour les y enfermer et pour en faire les plus beaux ornements des villes et les plus magnifiques trophées de la religion.

Nous avons vu la défense de Théodose. On tâcha de l'éluder en se faisant enterrer dans les églises où reposaient les corps des apôtres et des martyrs; mais l'empereur défendit d'enterrer plutôt dans les églises que dans un autre endroit quelconque de la ville.

D'après Eusèbe, il semblerait que l'empereur Constantin, mort en 337, fut enseveli à

ses. Il défendit d'y enterrer personne à l'avenir, si ce n'est des prêtres ou des laïques qui se seraient signalés par une vie sainte et exemplaire. Les laïques et les prêtres étaient donc mis sur le même rang. Le sixième concile d'Arles, tenu en 813, voulut qu'on s'abstînt d'enterrer dans les églises ; et la même année, le concile de Mayence fit une exception pour les évêques, les abbés, les prêtres vertueux et les laïques distingués par leur piété. Le capitulaire de Charlemagne, rapporté à 813, en exclut les laïques, mais admet les évêques et les abbés. Les livres des capitulaires défendent d'une manière absolue d'enterrer encore qui que ce soit dans l'église.

Il était permis de célébrer dans les églises déjà consacrées quoiqu'on y eût donné la sépulture, pourvu que ce ne fût qu'à des fidèles ; car si c'étaient des infidèles, il fallait les exhumer. Mais on ne pouvait consacrer des lieux où il y avait déjà des corps enterrés, comme nous l'enseigne saint Grégoire dans ses épîtres.

Le concile de Meaux, tenu en 843, défendit d'accorder la sépulture à d'autres qu'à ceux que l'évêque ou le prêtre jugerait dignes, sans que les familles pussent faire valoir quelque droit héréditaire. Hincmar parle dans le même sens. La vertu seule donnait droit à cet honneur.

Le sixième canon du concile de Nantes, tenu en 900, ne permit d'enterrer que dans le vestibule de l'église et dans les portiques qui y étaient attachés hors de l'église.

Le concile de Tribur, tenu en 1050, conseillait de se faire enterrer près de l'église cathédrale, c'est-à-dire, où est le siége de l'évêque. Si la distance des lieux était trop grande, on pouvait choisir quelque communauté de chanoines, de moines et de filles consacrées à Dieu, afin de participer aux prières. Si cela était encore trop difficile, on devait enterrer le défunt dans la paroisse où il avait payé la dîme. Cette recommandation du concile ne semble avoir pu regarder que les personnes de distinction. Le même concile défend encore d'enterrer les laïques dans l'église, sauf les exceptions établies en faveur de la vertu.

Le concile de Cognac défendit, en 1255, d'inhumer personne dans l'église sans la permission de l'évêque, si ce n'était le fondateur, le patron et le curé.

Il paraît qu'en Italie les laïques devaient juger eux-mêmes s'ils avaient assez de piété pour mériter après leur mort la sépulture dans l'église; car on regardait comme un nouveau sujet de damnation les prétentions sacriléges que des pécheurs auraient fait valoir à cet honneur.

Le pape Nicolas I, répondant aux Bulgares vers 867, dit qu'il est utile aux bons de reposer après leur mort en un lieu où ils participent aux prières, mais que, pour les impies, c'est un juste sujet d'une terrible augmentation de peines.

Outre cette différence entre la France et l'Italie, on peut encore faire remarquer que, selon le texte de ces deux papes, saint Grégoire et Nicolas, il suffisait en Italie d'avoir mené une vie chrétienne et d'être mort dans les voies du salut, tandis qu'en France il fallait une piété extraordinaire.

L'histoire d'Angleterre offre aussi sur la sépulture quelques faits intéressants. Bède rapporte que le corps de saint Augustin, apôtre de l'Angleterre, fut déposé près de l'église, mais que dès qu'elle fut achevée on l'y transporta et on l'enterra dans le portique septentrional. Là furent aussi enterrés tous ses successeurs, archevêques de Cantorbéry, à l'exception de deux qu'on enterra dans l'église même, parce qu'il n'y avait plus de place dans le portique.

Le synode de Chichester, en 1292, défendit d'enterrer indifféremment dans l'église tous ceux qui le demandaient; mais seulement les seigneurs, les patrons, les curés, leurs vicaires et les insignes bienfaiteurs.

La coutume d'ensevelir dans l'église avait introduit la simonie dans les sépultures. Ceux qui n'avaient aucun titre de rang ni de vertu briguaient cet honneur et l'achetaient parfois à prix d'argent ; et comme le discernement des qualités requises dépendait des évêques ou des prêtres, la décision n'était pas toujours indépendante de toute influence pécuniaire. De plus, la permission de recevoir les offrandes volontaires fit passer bientôt ces offrandes en coutume générale, et de volontaires qu'elles étaient d'abord, elles devinrent obligatoires.

Le pape saint Grégoire, qui occupa le siége pontifical depuis l'an 590 jusqu'à l'an 604, abolit la coutume d'exiger quelque chose pour le lieu de la sépulture. Ce saint pape, ayant appris que Janvier, évêque de Cagliari, exigeait cent écus, *centum solidos*, pour le lieu de la sépulture d'une illustre dame qui lui en fit des plaintes, écrivit à ce prélat que c'était une chose indigne du ministère sacerdotal que d'exiger de l'argent pour un lieu de pourriture, et de tirer avantage du deuil d'autrui ; qu'il avait lui-même supprimé cet abus dans son église, dès qu'il avait été élevé à la dignité épiscopale du siége romain ; qu'il permettait bien de recevoir les offrandes libres et volontaires des parents du défunt, de ses proches, de ses héritiers, quand il concédait *une sépulture dans l'intérieur de l'église,* mais qu'il défendait absolument de rien demander ou exiger, afin de ne pas donner occasion de dire que les ecclésiastiques se réjouissent de la mort d'autrui.

Ces paroles ont donné lieu à des controverses : les uns prétendent qu'il ne s'agit que de la sépulture dans l'église même, les autres regardent cette défense comme générale et illimitée pour toute sorte de sépultures.

Dans les formulaires du sacre des évêques, Hincmar, archevêque de Rheims en 845, faisait promettre à ceux qu'il ordonnait de ne rien laisser exiger pour les sépultures, selon les décrets du grand saint Grégoire.

Ce paragraphe confirme la remarque faite à la page 55 de cet opuscule. Dans la primitive Église, les martyrs étaient enterrés dans les cimetières hors des villes.

On érigea sur leur tombeau des oratoires, des chapelles, des églises, *martyria;* les chrétiens aimèrent à reposer près des saints qu'ils invoquaient. Ces édifices, avec leurs sépultures, furent enclavés dans les villes; nous en avons un exemple dans l'église de Sainte-Geneviève à Paris. Les chrétiens ne violèrent donc pas les défenses faites d'enterrer dans l'enceinte des villes; mais ils donnèrent occasion aux enterrements près des églises et peut-être même dans leur intérieur. La sépulture dans les églises des villes, qui ne semble remonter qu'au xe siècle, était un privilége; ceux qui ne pouvaient l'obtenir étaient inhumés au pied des murs.

§ 2. De la translation du corps au tombeau.

Nous n'entrerons pas dans les détails qui varient selon les pays et les rites des diocèses; nous nous contenterons de ce que l'histoire offre de plus intéressant.

« Il ne paraît pas, dit Bergier, qu'il y ait eu des règles fixes relativement au jour de la sépulture. Les Romains exposaient les morts pendant sept jours sur une estrade et y brûlaient de l'encens. Pour les rois, les princes, le pape, les cardinaux, les évêques, on dresse ce qu'on nomme une chapelle ardente, » et on les conserve parfois longtemps avant de les inhumer. De nos jours, ce n'est qu'une louable affection de famille, ou un noble sentiment de religion, ou une disposition testamentaire, qui fait conserver pendant trois fois vingt-quatre heures le cadavre : plus souvent on se hâte de le faire enlever dès que les prescriptions de la loi civile sont remplies.

Tous les fidèles régénérés dans les eaux du baptême et décédés dans la communion de l'Église, ont droit à la sépulture ecclésiastique, au ministère funèbre de l'Église, dont ils sont les enfants. Cette règle exclut donc les païens et les juifs; ils ne peuvent prétendre à ces égards maternels, puisqu'ils ne reconnaissent pas l'Église pour leur mère; elle exclut aussi les enfants morts sans baptême. Une pensée de sainteté a toujours été attachée aux cimetières. Les païens eux-mêmes appelaient *lieux sacrés* cette dernière demeure.

En vertu du même principe sont privés de la sépulture religieuse ceux qui ont été séparés ou se sont eux-mêmes séparés de la communion de l'Église. Tels sont les hérétiques, les excommuniés, etc. En effet, la sépulture ecclésiastique peut être considérée comme une suite et un effet de la communion des saints. C'est de cette communion que les hérétiques se sont retirés, que les excommuniés ont été exclus par leur faute pour une semblable raison. La discipline de l'Église refuse aussi ces honneurs religieux aux pécheurs publics et aux grands criminels, morts sans repentir.

Dès les premiers siècles, on portait d'abord le corps à l'église pour faire l'office, et l'y enterrer, ou se diriger de là vers le cimetière. Quelquefois le cercueil restait une ou plusieurs nuits dans la maison de Dieu; on y chantait, dès la veille de l'enterrement et pendant la nuit, l'office des morts. C'est ce qui explique les *vigiles* ou *veilles*. Un statut de l'an 1215, pour l'université de Paris, montre qu'alors ces vigiles étaient encore chantées pendant la nuit (1).

« Quand le corps du défunt arrivait à l'église, dit Denys l'Aréopagite, on le présentait à l'évêque. Si le défunt était prêtre, on plaçait le cercueil devant l'autel; si c'était un religieux édifiant ou un laïque pieux, on le mettait devant l'entrée du chœur. Après cela on commençait la messe. » Ce n'était pas, dans les premiers siècles, une *messe des morts* ou de *requiem* proprement dite; elle n'est guère connue que depuis le VIe siècle. On chantait la messe du jour. Le saint sacrifice n'était pas séparé de l'enterrement. Des cierges brûlaient autour de la bière.

« Après la messe, dit encore l'Aréopagite, l'évêque donnait le baiser d'adieu au corps du défunt, et après lui tous les assistants. Lorsque tous avaient donné ce baiser, le pontife versait de l'huile sur le cadavre; il priait pour tous, et plaçait ensuite le cercueil dans un lieu convenable, auprès des autres corps saints du même ordre. » Il s'agit probablement ici des prêtres, qui restaient à découvert dans leur cercueil,

(1) Thom., p. 1, c. XVIII; p. 2e, c. XIV.

comme aussi les religieux et tous les membres du clergé. Théodose de Cantorbéry dit, dans son *Pontifical :* « On a coutume, dans l'Église romaine, de porter au temple les moines et les hommes qui appartiennent à un ordre religieux, et là on leur fait sur la poitrine une onction avec le saint chrême. » Après cela, le premier d'entre les ministres congédiait les catéchumènes, faisait l'éloge des saints et du défunt, et exhortait les fidèles à demander pour eux-mêmes la grâce d'une sainte mort. Telle est l'origine très-ancienne des oraisons funèbres. Les saints Pères en composèrent un grand nombre : Eusèbe fit celle du grand Constantin; saint Grégoire de Nysse, celle de l'impératrice Placidie, de Pulchérie et de l'évêque Melèce; saint Grégoire de Nazianze, celle de saint Basile, de Césaire, son frère, et de Gorgonias, sa sœur; saint Ambroise prononça l'éloge funèbre de son frère Satire, des empereurs Théodose et Valentinien, et de beaucoup d'autres. On ne pourrait pas dire si ces discours ont toujours été prononcés le jour même de l'enterrement. On les faisait tantôt dans l'église et tantôt sur la tombe.

Il y a eu toujours une différence entre les funérailles des simples fidèles et celles des évêques et des prêtres. Autrefois le corps des évêques était souvent porté par le clergé successivement dans plusieurs églises ou monastères de sa ville épiscopale, et l'on y célébrait des messes.

A l'enterrement, les corps des prêtres étaient placés la tête vers l'autel principal; ceux des autres ecclésiastiques et des laïques avaient les pieds vers l'autel.

Nous avons vu que tous les membres défunts du clergé sont revêtus des insignes de leur rang; les religieux le sont de l'habit de leur ordre. Anciennement, on mettait dans les mains des prêtres défunts un calice et un missel ouvert; aujourd'hui, on met sur le cercueil une étole et un calice avec la patène, ou seulement une étole et un bonnet carré.

Une profession de foi était souvent placée sur la poitrine du pontife ou du prêtre enseveli. Il paraît que certains pays ont conservé cette coutume.

La divine Eucharistie était quelquefois mise dans le cercueil auprès du cadavre des prêtres, des moines et aussi des laïques. Amphiloque dit de saint Basile, qui est mort en 379, qu'un jour, après avoir consacré le pain, il le divisa en trois parties, se communia avec la première, plaça la seconde dans une colombe d'or, ce qui était une des trois anciennes manières de conserver l'eucharistie, et la suspendit sur l'autel : il conserva la troisième pour qu'elle fût ensevelie avec lui. On la plaçait d'ordinaire sur la poitrine. Au ve siècle, quand on exhuma le corps de saint Udalric, on trouva dans son cercueil, auprès de sa tête, une boite où avait été placée la sainte Eucharistie sous les deux espèces. D'après saint Grégoire le Grand, créé pape en 590, saint Benoît fit mettre la sainte Eucharistie sur la poitrine d'un moine décédé. Il paraît même qu'on donnait quelquefois la sainte Eucharistie en guise de communion aux morts. Les conciles proscrivirent cet usage. Il fut surtout condamné par le IIIe concile de Carthage, le VIe d'Auxerre et le concile quinisexte *in Trullo*, en 692.

Guillaume, évêque d'Angers, mourut en 1290. On plaça une lampe allumée dans son cercueil avant de le fermer. Aujourd'hui, dans quelques diocèses, une petite ouverture latérale est faite dans le cercueil des prêtres, et avant de le descendre dans la fosse, on y introduit un petit calice de cire avec deux petits cierges allumés, et on ferme l'ouverture.

Souvent une croix était mise entre les mains du défunt, ou suspendue à son cou, et « on enterrait avec les corps différentes choses pour honorer les défunts et en conserver la mémoire : les marques de leur dignité, les instruments de leur martyre, des fioles ou des éponges pleines de leur sang, les actes de leur martyre, leur épitaphe ou, du moins, leur nom; des médailles, des feuilles de laurier ou de quelque autre arbre toujours vert, des croix, l'évangile (1). » D'après Durand, en plusieurs endroits on mettait dans le cercueil un vase d'eau bénite, quelquefois aussi de l'encens; la tête des enfants morts avant l'âge de raison était souvent ceinte d'une couronne de feuilles et de fleurs odorantes, emblème de l'innocence.

D'après le rituel romain, après la messe, le clergé vient se mettre à l'extrémité du cercueil, pour l'absoute. C'est une espèce d'absolution donnée par forme de suffrage. Le nombre des absoutes varie d'après les localités, le rang du défunt et la solennité des funérailles. Pendant l'absoute, le prêtre asperge d'eau bénite et encense le cercueil.

Pendant le trajet de l'église au lieu de la sépulture, on chante ces belles antiennes : « Que les anges te conduisent en paradis; que les martyrs viennent à ta rencontre pour te recevoir et t'introduire dans la cité sainte de Jérusalem; que le chœur des anges te reçoive, et que tu obtiennes, avec Lazare, autrefois pauvre, le repos éternel! »

De temps immémorial, on bénit la sépulture;

(1) Fleury, *Mœurs des chrét.*, § 28.

de nos jours, presque tous les cimetières sont bénits d'avance.

Le prêtre, d'après le rituel romain, asperge d'eau bénite et encense le corps du défunt et la tombe; et puis il se retire. Le pastoral de Malines ne parle pas de cet usage; mais il en prescrit trois autres. Quand le corps est descendu dans la fosse, le prêtre jette de l'eau bénite sur le cercueil, en disant : « Que ta place soit aujourd'hui dans la paix, et ta demeure dans la sainte Sion. Par le Christ Notre-Seigneur. — Ainsi soit-il. » Il prend la croix, et avec le bout inférieur du bâton, il fait trois fois le signe de la croix sur le cercueil et dit : « Je marque ce corps du signe de la sainte croix, afin qu'il ressuscite au jour du jugement et qu'il possède la vie éternelle. Par Jésus-Christ Notre-Seigneur. — Ainsi soit-il. » Le prêtre prend ensuite la bêche du fossoyeur avec un peu de terre et en jette trois fois sur le cercueil, en disant : « Seigneur, vous l'avez formé de terre, vous l'avez consolidé avec des os et des nerfs; ressuscitez-le au dernier jour. Par Jésus-Christ Notre-Seigneur. — Ainsi soit-il. » Il dit encore le *Miserere*, le *De profundis* et quelques prières tandis qu'on ferme la tombe, et l'asperge une dernière fois d'eau bénite, en disant : « Que Dieu t'arrose de la rosée céleste, au nom du Père et du Fils et du Saint-Esprit. Ainsi soit-il. » — Le clergé se retire en silence.

D'après l'eucologe des Grecs, quand le cadavre était mis dans le sépulcre, le prêtre prenait aussi de la terre avec une bêche et la jetait en forme de croix sur le cadavre, en disant : « La terre et toute sa plénitude appartiennent au Seigneur. » Après cela, il versait sur le cadavre la cire fondue d'un cierge, ou l'huile d'une lampe, ou bien encore la cendre de l'encensoir.

Les mêmes cérémonies ne sont pas observées pour les enfants baptisés morts avant l'âge de raison. N'ayant pu pécher, ils n'ont pas besoin de prières ; ils sont au ciel. Le rituel romain recommande de réserver une place au cimetière pour ces enfants. Les chants sont plutôt joyeux que lugubres ; on chante ordinairement la *messe des anges*. Cependant il est des endroits où l'on chante la *messe de requiem*, et où l'on fait des funérailles ; mais alors on applique ces mérites à tous les fidèles trépassés.

§ 3. De ce qui suit l'enterrement.

De tout temps on a élevé des monuments funèbres sur la sépulture. Saint Augustin en parle comme d'un usage universel. Quelquefois c'étaient des constructions en pierre ou en marbre ; d'autres fois de simple pierres. Ces mausolées et ces pierres sépulcrales consolent les familles dont ils recouvrent les membres, conservent la mémoire du défunt, appellent à la prière, inspirent de salutaires pensées, instruisent du néant, proclament l'immortalité.

Les inscriptions sont aussi d'un usage fort ancien. Les Grecs mettaient le nom du défunt avec l'épithète de *homme bon*, *femme bonne;* les Athéniens mettaient le nom du défunt, ceux du père et de la tribu. Les Romains y gravaient au haut les mots : Diis ou Dìs Manibus, *aux dieux Mânes*. Les chrétiens ont d'abord retenu cette coutume; mais on y ajoutait des emblèmes chrétiens, comme la croix ou le monogramme du Christ, X, surmonté de P. De nos jours, on met d'ordinaire D. O. M. c'est-à-dire *au Dieu très-bon et très-grand*. Peut-être n'a-t-on fait qu'intercaler la lettre o. entre le D. M. des anciens. La formule ICI REPOSE semble être plus religieuse que cette autre CI-GIT. Dans les temps modernes, les épitaphes ont presque varié à l'infini.

Souvent le lieu de la sépulture n'est distingué du reste du cimetière que par un petit tertre qui s'affaisse et disparaît bientôt. Autrefois, on ne négligeait jamais d'y planter au moins une croix de bois ou de fer. On en rencontre encore de nos jours, surtout dans les campagnes. Ce pieux usage devrait être entretenu.

De temps immémorial, on allait mettre des

fleurs sur les cercueils; aujourd'hui encore, on trouve des immortelles attachées en forme de couronnes aux croix ou aux monuments élevés sur les tombes, ou déposées dans une corbeille devant le portrait d'une personne chérie qui n'est plus. Elles parlent bien haut ces muettes fleurs! Elles révèlent dans l'âme sensible ce sentiment, ce sublime sentiment de l'immortalité.

Après l'enterrement, on continuait la commémoration des défunts. Nous avons vu que sainte Monique demanda cette faveur à saint Augustin: saint Cyprien parle aussi de ces sacrifices pour les morts. A ce mystère des autels on ajoutait d'autres œuvres de piété, des aumônes, etc.

Les Grecs surtout avaient coutume de faire cette commémoration des morts le troisième, le neuvième et le quarantième jour après le décès, ainsi que le jour anniversaire. Dans le huitième livre des constitutions apostoliques, il est dit : « Qu'on fasse les obsèques des morts le troisième jour, avec les psaumes, les prières et les leçons, en mémoire de la résurrection de Notre-Seigneur Jésus-Christ; le neuvième jour, pour les survivants et les défunts; le quarantième jour, d'après l'ancien type : car c'est ainsi que Moïse fut pleuré du peuple; l'anniversaire, pour se rappeler le souvenir du défunt et distribuer de ses biens des aumônes aux pauvres, pour qu'ils se souviennent de lui ! »

On donne plusieurs significations mystiques de cet usage : le troisième jour était choisi en mémoire de la résurrection ; le neuvième en mémoire d'une nouvelle apparition de Jésus à ses disciples après huit jours ; le quarantième rappelle l'ascension glorieuse du Fils de Dieu. Tout se rapporte ainsi à ce mystère joyeux, modèle de notre bonheur futur, et à l'immortalité.

Les Latins n'ont pas toujours suivi la même pratique. Saint Ambroise, dans son discours sur l'empereur Théodose, dit que les uns célèbrent le troisième et le trentième jour, les autres le septième et le quarantième. C'était l'usage en France de ne célébrer les funérailles des rois que quarante jours après leur mort. Plus tard, l'usage s'établit de faire mémoire des trépassés le troisième, le septième et le trentième jour après le décès. Gretzer dit qu'Alcuin donne les raisons de cet usage dans son livre *de Divinis officiis*, vers la fin. Nous n'avons pu nous le procurer. Saint Augustin, en écrivant sur ces paroles de la Genèse : « Il pleura son père sept jours, » dit qu'il ignore s'il est question dans l'Écriture d'un deuil de neuf jours, ou, comme l'appellent les Latins, d'une *neuvaine, novemdiale.* « Si des chrétiens observent le neuvième jour, dit-il, il faut les en empêcher, parce que cet usage est plutôt propre aux gentils; mais le septième jour a pour lui l'autorité de l'Écriture : « Il pleura son père sept jours. » L'Ecclésiastique dit aussi au vingt-deuxième chapitre : « On pleure un mort pendant sept jours. » En outre, le septième jour, comme jour de sabbat, réveille une idée de repos.

Il paraît, d'après Gerbert, qu'il n'existe pas de documents qui prouvent l'usage dans l'Église latine de consacrer le neuvième et le quarantième jour à la mémoire des défunts. Mais c'était surtout le troisième, le septième et le trentième jour que les amis et les proches y assistaient, distribuaient des aumônes et faisaient d'autres bonnes œuvres.

Le Deutéronome parle de la mort de Moïse. « Les fils d'Israël le pleurèrent, dans la plaine de Moab, durant trente jours ; et les jours du deuil de ceux qui pleuraient Moïse furent accomplis. »

Saint Éphrem, dans son testament, recommande à ses frères le soin de ses funérailles et les prie de se souvenir de lui dans leurs prières, surtout le trentième jour.

L'idée des trentaines est attribuée à saint Grégoire, qui monta sur le siége pontifical en 590. On lit dans ses dialogues et dans la vie de ce pape écrite par le diacre Jean, qu'on découvrit auprès d'un moine appelé Juste, pendant sa maladie mortelle, trois pièces d'or qu'il s'était appropriées malgré la règle. Saint Grégoire le traita avec sévérité; mais trente jours après la mort de ce religieux propriétaire, il appela le supérieur et lui dit d'offrir le saint sacrifice pour Juste trente jours consécutifs, à partir de celui où il donnait l'ordre. Saint Grégoire pense que le trentième jour le religieux fut délivré du purgatoire.

Dans un missel de l'an 1511, édité par Jacques Mareschal, probablement en Belgique, et dans un autre publié l'an 1529, à Saragosse en Espagne, on trouve le choix et l'ordre des messes à dire pour la trentaine de saint Grégoire. L'auteur de ce règlement est inconnu; il ne peut être attribué au saint pape, puisque l'avant-dernière messe est en l'honneur de saint Grégoire lui-même. Voici cette disposition :

I. La messe du premier dimanche de l'Avent. — II. De la Nativité de N.-S. — III. De saint Étienne, protomartyr. — IV. De saint Jean, évangéliste. — V. Des Innocents. — VI. De l'Épiphanie. — VII. De l'octave des Rois. — VIII. De la Purification de Marie. — IX. De la Septuagésime. — X. Du premier dimanche de la Quadragésime. — XI. Du deuxième dimanche. — XII. Du quatrième dimanche. — XIII. De l'Annonciation. — XIV. Du dimanche des Rameaux. — XV. De la Cène. — XVI. De la Résurrection. — XVII. De l'Ascension. — XVIII. De la Pentecôte. — XIX. De la Trinité. — XX. Du premier dimanche après la Pentecôte. — XXI. Du deuxième dimanche après la Pentecôte. — XXII. De saint Jean-Baptiste. — XXIII. Des saints Pierre et Paul. — XXIV. De sainte Marie Madeleine. — XXV. De saint Laurent. — XXVI. De l'Assomption. — XXVII. De la sainte Croix. — XXVIII. De saint Michel. — XXIX. De saint Grégoire ou de tous les Saints. — XXX. Des Morts.

La congrégation des rites défendit ces messes en 1628, à cause de la singularité; mais elle ne défendit aucunement l'usage de la trentaine (1).

Il est aussi question du nombre de trente messes dans le document que nous avons reproduit à la page 28 (2).

(1) Voir Gerbert, *Vetus liturgia alemannica*, t. II, disq. 11, c. II, n. 9. — Benoît XVI, *Instit.* 34. — *Acta SS.* maii, Conatus Chron. hist. ad catal. R. R. Pontif., Dan. Papebrochii, p. 91.

(2) Après le tirage de la première feuille d'impression de cet opuscule, il nous est venu un doute par rapport à ce document, doute que nous n'avons pu encore éclaircir. Dans les *Epist. Bonif.* illust. a Steph. Würdtwein, ep. CVII, p. 285, le mot *Romani* est en italique avec majuscule, comme les noms, *Megenfrith* et *Hraban* (c'est-à-dire *Raban*, car l'*h* n'est ajou-

Les anniversaires se célébraient déjà au IIe siècle; Tertullien en fait mention. Origène, saint Grégoire de Nazianze, Cassien et d'autres en parlent dans les siècles suivants.

L'on continuait ainsi d'année en année, outre la commémoration des défunts que l'on en faisait tous les jours au saint sacrifice.

En mémoire des défunts, l'on donnait aux pauvres un festin[1], appelé *agape*, du mot ἀγάπη, *amour*. C'étaient des repas fraternels que les premiers chrétiens faisaient dans les églises ou lieux d'assemblée, pour entretenir la charité chrétienne, l'amour évangélique. On distinguait plusieurs espèces d'agapes : celles de la naissance, du mariage, des funérailles, de la dédicace des églises, de la fête des martyrs, etc. Le repas funèbre se célébrait dans les maisons particulières, ou dans l'église, ou sur le cimetière. On y invitait la famille, les amis, et surtout le clergé et

tée que pour l'aspiration) ; il semblerait donc devoir être pris pour un nom propre. Mais le commentateur, dans une note, l'interprète *évêque de Rome*. Au lieu de *Domini Romani*, dit-il, on lit quelquefois *domni*. — Gerbert dit : « pro defuncto pontifice *Romano*, » le mot *Romano* seul en italique et avec majuscule ; de plus le mot *pontifice* se prend aussi pour évêque. — Le P. Vanhecke, dans la vie de saint Lulle, archevêque de Mayence, dit : « Præscribit pro Romano pontifice etc., » c'est-à-dire, pour le pape. La lettre était adressée par saint Lulle à Cineheard ou Denehard et autres. (*Acta SS*. 16 oct., p. 1073).

les pauvres. « Nous célébrons le décès, dit à ce propos Origène, en invitant les religieux et les prêtres, les fidèles et le clergé, en nourrissant les nécessiteux et les pauvres, les orphelins et les veuves. Que notre fête se célèbre en mémoire du repos des trépassés (1). » Saint Paulin nous cite l'exemple d'Alèthe, qui voulut célébrer les funérailles de sa femme Ruffine, fille de sainte Paule, en convoquant les pauvres dans l'église de Saint-Pierre à Rome. Il les nourrit avec abondance, habilla ceux qui étaient sans vêtements, et donna à tous les soulagements de la miséricorde et de la charité.

Ces repas avaient pour but de donner aux convives et aux pauvres un témoignage de bienveillance ou d'amour qui les engageât à prier pour le défunt. Tobie avait donné ce conseil.

Les agapes entraînèrent bientôt les abus; plusieurs conciles les supprimèrent.

Quelquefois on portait des aliments et du vin sur les tombeaux. Saint Augustin condamna cet usage comme un reste de paganisme. Les païens croyaient que les âmes avaient besoin de cette nourriture et y trouvaient de la joie.

L'usage de placer de la nourriture sur les tombeaux des morts à la fête de la Chaire de

(1) Lib. 3 in Job.

saint Pierre, avait pénétré en France. Le trente-quatrième canon du deuxième concile de Tours, tenu en 567, le proscrivit. Il en fut de même de plusieurs conciles grecs. L'usage en fut enfin complétement aboli dans toute l'Église. On a longtemps conservé en beaucoup d'endroits la coutume de déposer du pain et du vin sur le cénotaphe placé dans l'église les jours où l'on fait mémoire des morts, pour servir à l'entretien des ministres du culte et leur rappeler ainsi qu'ils doivent prier pour les morts. L'offrande pécuniaire, faite de nos jours à l'offertoire de la messe, a le même but et provient probablement de ce primitif usage.

FIN.

TABLE DES MATIÈRES.

Seigneur, j'ai eu peur de vos jugements! (Ps. 118.)

Vous êtes tous des consolateurs importuns... Je pourrais aussi moi-même parler comme vous;... je tâcherais aussi de vous consoler par mes discours,... de vous fortifier par mes paroles. — Ma douleur me presse et m'accable maintenant, et tous les membres de mon corps sont réduits à rien. — Le Seigneur ne m'a point épargné:... il m'a déchiré, il m'a fait plaie sur plaie. — Mon visage s'est bouffi à force de pleurer, et mes paupières se sont couvertes de ténèbres,.. tandis que j'offrais à Dieu des prières pures. — Mais le témoin de mon innocence est dans le Ciel, et Celui qui connaît le fond de mon cœur réside en ces lieux sublimes. (Job. xvi.)

PRIEZ POUR LE REPOS DE L'AME DE

MONSIEUR

HENRI-GUSTAVE-LAMBERT TERWECOREN,

Né à Vilvorde, le 3 février . . . . 1813.

Lauréat en philosophie au Petit Séminaire de Malines, en . . . . 1833.

Ordonné prêtre à Malines, le 20 mai . . . . 1837.

Bachelier en théologie, le 30 juillet . . . . 1839.

Licencié en théologie, le 21 mars . . . . . 1842.

Vicaire de l'église S. Michel à Louvain, de 1842 à 1848.

Reçoit l'Extrême-Onction, le 29 juin. . . . 1852.

S'endort dans le Seigneur, à Louvain, le 4 sept. 1852.

Inhumé à Vilvorde, le 7 septembre . . . . 1852.

Je mets ma confiance en Marie, je fonde sur Elle toute mon espérance. (S. Bern.)

R. I. P.

Imp. de J. Vandereydt, rue de Flandre, 104, à Bruxelles.

CONDITIONS D'ABONNEMENT AUX PRÉCIS HISTORIQUES

Tous les mois. 2 petits volumes in-18. — La *Collection* d'une année formera donc 24 livraisons. — 5 fr. pour une année. 5 fr. 50 par la poste, pour la Belgique. — 5 fr., plus l'affranchissement, pour l'étranger.—Chaque petit vol. de 36 pages se vend aussi séparément, 25 centimes; 15 fr. le cent.

Opuscules de la Collection.

ONT PARU AU 15 NOVEMBRE 1852 :

Les trois Martyrs du Japon, de la Compagnie de Jésus.

La Confession est-elle une invention des prêtres, publiée au XIIIe siècle? Extrait du P. Scheffmacher.

Épisode de la déportation des prêtres en 1794. Récit fait par un de ces déportés.

Sagesse de l'Eglise dans la Béatification et la Canonisation des Saints. Exposé des procédures et des cérémonies. (Deux livraisons.)

Opinions sur l'Origine des Béguinages belges, par Éd. T.

Influence sociale de la Semaine Sainte. Extrait des conférences de Monseigneur Wiseman.

Coup d'œil sur l'histoire de la Réforme du XVIe siècle, par l'auteur de *Mes doutes.*

Lorette ou Translation de la Santa Casa. Extrait de l'abbé CAILLAU.

Un Concile. Extrait de Bergier.

Des Services que l'État religieux a rendus à la société.

Salazar, ou la Chapelle expiatoire du très-saint Sacrement de Miracle, à Bruxelles, par Éd. T.

Le Saint Concile de Trente. Extrait de Bergier.

Les neuf premiers Compagnons de saint Ignace de Loyola. Extrait des *Tableaux du Père d'Oultreman, S. J.*

Un mot sur l'éducation révolutionnaire, par Éd. T.

De l'Origine des Croisades, au point de vue philosophique, par Éd. T.

Le Dimanche, au point de vue social.

De l'enseignement classique et chrétien du XVIIe siècle, par Arsène Cahour, S. J,

Des Funérailles Chrétiennes.—Pieux Souvenir. Par Éd. T.

CONDITIONS D'ABONNEMENT AUX PRÉCIS HISTORIQUES.

Tous les mois, 2 petits volumes in-18. — La *Collection* d'une année formera donc 24 livraisons. — 5 fr. pour une année. 5 fr. 50 par la poste, pour la Belgique. — 5 fr., plus l'affranchissement, pour l'étranger.—Chaque petit vol. de 36 pages se vend aussi séparément, 25 centimes; 15 fr. le cent.

Opuscules de la Collection.

ONT PARU AU 1er NOVEMBRE 1852 :

Les trois Martyrs du Japon, de la Compagnie de Jésus.

La Confession est-elle une invention des prêtres, publiée au XIIIe siècle? Extrait du P. Scheffmacher.

Épisode de la déportation des prêtres en 1794. Récit fait par un de ces déportés.

Sagesse de l'Eglise dans la Béatification et la Canonisation des Saints. Exposé des procédures et des cérémonies. (Deux livraisons.)

Opinions sur l'Origine des Béguinages belges, par Éd. T.

Influence sociale de la Semaine Sainte. Extrait des conférences de Monseigneur Wiseman.

Coup d'œil sur l'histoire de la Réforme du XVIe siècle, par l'auteur de *Mes doutes*.

Lorette ou Translation de la Santa Casa. Extrait de l'abbé CAILLAU.

Un Concile. Extrait de Bergier.

Des Services que l'État religieux a rendus à la société.

Salazar, ou la Chapelle expiatoire du très-saint Sacrement de Miracle, à Bruxelles, par Éd. T.

Le Saint Concile de Trente. Extrait de Bergier.

Les neuf premiers Compagnons de saint Ignace de Loyola. Extrait des *Tableaux du Père d'Oultreman, S. J.*

Un mot sur l'éducation révolutionnaire, par Éd. T.

De l'Origine des Croisades, au point de vue philosophique, par Éd. T.

Le Dimanche, au point de vue social.

De l'enseignement classique et chrétien du XVIIe siècle, par Arsène Cahour, S. J,

Des Funérailles Chrétiennes. — Souvenir Pieux. Par Éd. T.

www.ingramcontent.com/pod-product-compliance
Ingram Content Group UK Ltd.
Pitfield, Milton Keynes, MK11 3LW, UK
UKHW021821190726
13853UKWH00003B/1111

9 782329 605708